西藏是毒也是解药

骑行西藏的28天朝圣之旅

梅里◎著

平踪暇影◎封面摄影

煤炭工业出版社

·北 京·

图书在版编目（CIP）数据

西藏是毒，也是解药：骑行西藏的28天朝圣之旅/梅里著．--北京：煤炭工业出版社，2016

ISBN 978-7-5020-5039-9

Ⅰ.①西… Ⅱ.①梅… Ⅲ.①游记—作品集—中国—当代 Ⅳ.①I267.4

中国版本图书馆CIP数据核字（2015）第285367号

西藏是毒，也是解药

骑行西藏的28天朝圣之旅

著　　者　梅　里
责任编辑　刘新建
特约编辑　郭浩亮　袁旭姣
特约监制　朱文平
封面设计　金刚创意

出版发行　煤炭工业出版社（北京市朝阳区芍药居35号　100029）
电　　话　010-84657898（总编室）
010-64018321（发行部）　010-84657880（读者服务部）
电子信箱　cciph612@126.com
网　　址　www.cciph.com.cn
印　　刷　北京市凯鑫彩色印刷有限公司
经　　销　全国新华书店

开　　本　880mm×1230mm 1/32　**印张**　7 1/2　**字数**　180千字
版　　次　2016年1月第1版　2016年1月第1次印刷
社内编号　7890　**定价**　36.00元

《寂寞的人不要去西藏》

一一一

寂寞的人不要去西藏

你去云 贵 川

你去鄂 豫 皖

就是不要去西藏

一一一

你不要在玛吉阿米爱上一个姑娘

不要带她去古修那看仓央

不要听藏歌

不要喝酥油茶

一一一

不要拥着她穿过潮来潮往的八廓街

不要在纳木错的傍晚让她枕着你的肩膀哼唱

不要去转山

不要去转水

不要去煨桑

———

寂寞的人不要去西藏

西藏不是天堂

那里忽冷忽热

氧气不足

日子又太长

———

寂寞的人不要去西藏

西藏不是天堂

那月亮太大

阳光太强

风马太张扬

而梵呗

又过于悠远 绵长

———

寂寞的人不要去西藏

西藏有女人的丰满和娇艳

却没有涂脂抹粉

寂寞的人不要去西藏

西藏有男人的豪放与刚强

酒却不敢大口大口饮

———

良辰美景常虚设

春花秋月总无聊

古人写下这些

若只是故作深情

怎会流传千年

不知哪个夜

还能从书本或者手机复活

冷不丁扎进你的心脏

———

扎你一刀的

她叫西藏

———

今夜我不会遇见你

今夜我遇见了世上的一切

但不会遇见你

你锁了门

却藏了钥匙

———

寂寞的人不要去西藏

@阿吉梅朵

序

突然出走的时光

走万里路，交天下人。这一路遇人无数，有的只是打个招呼，连名字也不知道，比如路上向我们喊“扎西德勒”的藏族朋友以及藏族孩子，比如辛苦的修路工，比如转经的妇人。

有的只是几面之缘，比如成栋、诗遥、陈强、杰克、金月亮等。

有的会一起走过一些路。走得最长的肯定是和魏涛。路上我把他当成自己的小兄弟，所以过排龙天险时才因担心他遇到危险而把他臭骂一顿。当然，那些共同走过一小段旅途的人也同样值得我珍惜，比如达超、三知、庆虎、荷花，以及后来的老罗、柄志以及柄志的朋友任言等。

有的是来帮助我们的，知道名字的比如老穆一家、Alex、珍珠卓玛、八宿的驴友骑友客栈、德庆拉姆、向大姐；不知道名字的比如火车上的那几位，从上海跑这来旅游的那些大姐阿姨们，自驾游的那几位哥们，让我们烤火给我们指路的藏族同胞们。

有的不知是从何而来，比如丽江的那名流浪歌手、大丽路上的那位徒步者、如美的那些磕长头者。

……

无论你是谁，我的这段路曾有过你，在我生命中有过那些不灭的记忆。

魏涛：

我们一路骑行，从大理到拉萨。

初中那年，哥哥从一个城市往家里带回几片歌碟，“外面的世界很精彩，外面的世界很无奈”。我惊奇那个长头发男人何以如此深情歌唱。

后来我上了高中，收藏磁带的风气依旧旺盛，宿舍一哥们的铁皮橱子里，藏满了大量的梦想。他摇旗呐喊，摇滚是他的梦想。外面的世界不仅有台湾的奶油小生，香港的四大天王，还有大陆“一无所有”的老崔，“回到拉萨”的郑钧。许多年后，这个哥们儿背着破木吉他，浪迹天涯。

再后来我开始了大学生涯。因为悔恨自己没出息，所以没日没夜地猫在图书馆学习，旁观恋爱的恋爱，疯狂的疯狂，喝酒的喝酒的，开房的开房，幸好我克己有道，没去“革命”或“暴动”。省吃俭用加兼职，苦逼地买上了MP3。当好多哥们晚上都熬夜共享毛片时，我正痴迷于听各种流行歌。那时候我喜欢一个人溜到学校人工湖畔的柳树下听音乐，徜徉自己的梦想，陶醉自我的旅程。

毕业了，工作了，眼见着大家掰手指头数假期，口算工资涨不过物价，羡慕张三家的姑娘傍了大款，嫉妒李四家的儿媳妇生了个男娃娃，恨自己怀才不遇，生不逢时。这时听说贾老师要骑行西藏。于是下决心要一块走一趟。虽然担心自己体质，但还是想趁着年轻去看看外面的世界，尤其是那样的一个圣洁去处，神秘梦幻，让人朝思暮想。

有人说，旅行是因为想要逃避，我想也许是吧，或许也不是。我们不是在逃避，而是想短暂抽离于现实的烦恼杂乱，去那个遥远的、美丽的地方寻找真实的自己，寻找生活的初心。为此，我放下了很多，舍弃很多，做了在别人眼里看似疯狂的决定，开始上路。

成栋：

相识在芒康（滇藏线和川藏线在芒康汇合），去米堆冰川的路上再次相遇。

我是一名普普通通的研二学生，非常普通，班干部、奖学金这些基本上与我无缘。感觉这一路走来，都是在追随别人，别人读研，我就跟着考，一旦达到了目标，就放松下来，不知所措。其实骑这次川藏线，我并没有想太多，一个哥们4月份提议，说有个激情的想法——骑川藏线，以后老了回忆起来也够牛逼，我想了想也是，当时就决定去了。走在川藏线的路上，没有了电脑和网络，就有很多的时间来思考人生，反思自己，想想过去，想想未来。如果遇到了困难，必须立刻去解决，后来竟慢慢喜欢上了这种愈挫愈勇的感觉。我不能说这次川藏之行彻底地改变了我的很多缺点，但是在一定程度上有所改善。回来后，再没有那种堕落得一睡就是一下午，做事情积极主动，不会去逃避，一定要做完了心里才踏实。更值得庆幸的是川藏线上认识了很多朋友，就是我们一起骑行的兄弟，一提起来还是很兴奋，现在的兄弟情更深了。

荷花：

初识在香格里拉独克宗融聚客栈，一直保持联系到现在。

我是荷花。

我此次出行有两个想法。一个是去实现自己的梦想——环游世界。在此之前，曾为这个梦想准备了N年，今年，终于觉得可以出发了，去实现自己的梦想，去过自己想要的生活，特别开心。

第二个想法是我的小秘密，我是不会告诉你我想遇到一个可以牵手的人，然后一起旅行，一起变老。周围的生活环境中很难遇到志同道合的人，只能寄希望在去拉萨的路上。令人意外的是，我很快就遇到了比较欣赏的人，可是又很快发现那不是我要找的人，很遗憾。

我想，遇到的人不在于多，而在于对。不管他在哪，我已经准备好了满世界寻找他。如果将来找到了他，我肯定会告诉他："我找了你那么久，原来你在这儿等着我呢！"

陈强：

出云南，走西藏，过新疆，到内蒙，行程2万公里。

"耗子，我辞职了。"

"真的？"

"对的。"

"真羡慕你啊，又要上路了！"

"羡慕你妹啊！等哥旅行归来，蓬头垢面，拖着沉重的行李和半死的身体踏进家门的时候，你小子可能拿着爱疯，开着帕萨特，搂着搞不清是第几任的女朋友呢！到那时该羡慕的是老子！"

耗子是我大学死党，当年我俩窝在小饭馆，点两个小菜就能喝到天亮。很早就已经是最铁的哥们。无论我恋爱还是失恋，以及任何动态，他是第一个知道的那个人。

说是辞掉工作其实也是无奈，如果我有个漂亮贤惠听话懂事洗衣

梅里雪山宾馆

做饭生孩子样样精通的女朋友（女同胞们莫要拍砖），或者有份月入超过八千的工作，没准还真就没了这颗说走就走的心。

说到底，那些俗面上的东西又摆在了眼前，可能真的有些对现状的不满吧，想找个空间静静，不过这都不算什么，最重要的是没有个漂亮贤惠听话懂事洗衣做饭生孩子样样精通的女朋友可以牵挂……

总之，是真辞职了！

有羡慕的，有嘲笑的，有质疑的，还有替我不值的。辞职旅行，追求自由、梦想这些东西，在别人眼里可能真的是病得不轻。

大学毕业后，我找了一份不值钱但稳定的工作，一眼就能望到我五十岁时工作的样子。日复一日，年复一年，憋屈地做一只天天蹬轮子的小白鼠。每天要六点起为赶公交吃不上早餐；每天察言观色，打碎了牙往肚子里咽，受尽更年期上司的各种折磨；每天下午最讨厌听到“加班！加班！”，一想到这一辈子我就站在这一层阶梯上，我就很伤心，心碎一地啊！有木有！

遥想当年，大学时代的我也是一枚风骚的摇滚追风少年。曾经年少爱追梦，盼望着长大了，有钱了，有时间了就去环游世界。记得从8岁读小学，别人问我你梦想是什么，我说环游世界；20岁读大学了，别人问我梦想是什么，我还说环游世界；工作后，我还在说环游世界，不过越来越没底气了，因为我知道这个梦想很难实现了。很可能就这样说着说着就老了，最后哪也没有去。

于是，为了二十年后不让我儿子笑话他老爹是孬种，我毅然决定用脚步丈量这伟大祖国的天河热土。人就是这样，心里想要做一件事，总是需要用无数个理由来说服自己。

自由与梦想，虽然看似遥不可及，但如果有机会，还是要认真地一步一步行动起来，不只是嘴上说说就能实现。我希望自己能够将旅行的梦想一点一点实现。未必要辞职，未必要成为职业旅行者，但只要心中还有梦想，并肯为此坚持努力，就一定会在自己的天空中看到彩虹。我们可以选择自己的选择，只要你有一颗坚定的心，一颗在经历挫折之后依旧坚定的心，一颗对走过的路不后悔的心，一颗不感慨时光流逝的无情与无奈的心，一颗年轻的心！

我，一个倔强的行者，告别耗子，又一次收拾行囊，上路了……

当然，还是一个人。

庆虎：

相识在宝山客栈，共走过一段难忘之路。

这个夏天，我们傻X似的走过滇藏！

车协又一次纳新，太明显了，哥虽然刚刚大三但还是被当作大四的一起被小胖子、刘队众人抛弃了，还好拜入闯哥门下玩板，也缓解一下出去玩的冲动劲。关于车协，关于那些极品男女，美好的记忆实在太多。

对于滇藏，走完了还是有很多的想法和感受的，路上吃了太多的苦，也享了太多的福。从火车上被罚款直到丽江摔车，从月亮湖直到来古冰川，一路有太多的坎坷波折、快乐欢笑。这种经历或许能够成为我一辈子的记忆，爬过的坡翻过的山都将成为多年以后我们的笑谈，那些一起骑车的难兄难弟，那段短暂不掺杂的友谊都终将成为永恒美好的记忆。

一路下来，这些骑行、徒步的人有两类，一类是有病的，一类是有追求的。到了318到了拉萨才晓得，原来我们梦寐以求追逐的终点拉萨只是别人的一个新起点，我们吹嘘了多长时间，发过了多少次状态的远征，就是这样被别人的行程秒杀的。不骑车，不走一次远征，你不会晓得，318线上也有十几岁的孩子和六七十岁的老人。人生，各有各的追求，各有各的梦想。不走出去，你以为的世界有时候真的不是我们想象中的那样，有机会还是要多走出去看看，不要让新闻舆论蒙蔽了双眼，让生活圈局限了视野。走出去，去看看真正的美景，看看真正的蓝天白云，感受一下真正的西藏。

路上遇到过塌方泥石流，躲过了落石山洪，躲过了藏独分子闹事，总感觉自己很幸运也很牛X，但是对于老胡或者荷花这样一位女生，我们总是以渺小的身份、崇敬的眼光去看待，滇藏进青藏出、环游中国、环游世界，这样的行程看似总是那么遥远，那么不可实现。当我安逸地躺在家里的床上听着丽江小倩的歌时，陈兄可能已经踏上了他一年环游中国的路。对于辞职旅行的人，我们一边在骂他傻X的同时也不得不暗自佩服，至少我没有辞职去旅行和环游中国的那种勇气。上几天看到长沙伍兄《我要活着回长沙》的日志，搭车进藏出藏，然后回家，身上仅剩几百块钱，对于这种人生经历我们只能去祝福。对于很多骑车的人来说，到了拉萨仅有一次性的冲动然后就无聊了，因为最美好的风景在路上，风景随着进藏的深度也越来越好，所以滇藏不在昆明不在拉萨，滇藏在路上，一路骑行也定会给你一路的惊奇。因为时间因为金钱，骑车也恰恰是最适合我们旅行的一种方式。

其实对滇藏线我并没有做充分的准备，没有什么特别的目的，至少不是为了那种被世俗磨平棱角的成熟；甚至每天的行程、路过的小镇都不是很清楚，以至于从丽江重新出发后我只是坚持要继续走但并没有一个大概的计划，还好当天就组成了一个不错的队伍，几天的缘分真真的让人难以忘记。一路上追过骑不动车的妹子，泡过两块钱的野温泉，感受过某个城镇的恐怖氛围，看过冰川雪山，住过藏民家，享受过藏族的歌舞升平，也曾经淋过大雨，走过泥坑，踩过牛粪，和爷们（小樊）握着仅剩的几十块钱吃着泡面露宿拉萨街头，那种没吃没住没钱花没人帮助你的感觉……

滇藏骑行，像阳光一样笑过，像傻X一样哭过，流过血，出了汗，这一切都是我们这辈子美好的回忆。我会永远记得那些真心帮助我的人，像丽江小倩歌词里那样“这次的夏天和从前不太一样”，这个夏天、这个间隔年给了我们太多的惊叹号，不如意的事情希望它就此过去，美好的事情就让它留在照片中。

最后，感谢在路上在拉萨帮助过我的那些亲人朋友！

诗遥：

相识于八宿“骑友驴友客栈”。虽一面之缘，但属难忘之友。

我平时喜欢骑车，喜欢那种自由的感觉，但骑车去西藏的想法是去年十月份才有的，以前只是特羡慕那些能骑车去的人，很佩服他们。

根本都没想过自己以后会去，感觉离自己很遥远，自从在书店看到《骑车去西藏》这书后，心像是被某种神秘的力量召唤，一发不可拾，非去不可。当时可能是头脑发热，但慢慢冷静下来后发现自己已经在路上了。

还有一个原因就是工作太平淡了、太机械化了，虽说不是什么好工作但也挺稳定的，而且自己一无所有，了无牵挂。计划时间路线，关注相关话题，最初也准备找几个同行的，毕竟路途很遥远，也没有时间路线太合适的，所以就一个人出发了。

关于老刘：

人生自是有情痴。

老刘黑干草瘦，头发短到发根。短衣短裤，露出结实的肌肉。

常常在客栈的走廊遇到，彼此打过招呼。有天晚上魏涛在老刘那聊了很久，说很有感触。当时没怎么在意，因为魏涛平时就喜欢结交朋友。后来听魏涛说老刘收集了许多擦擦（西藏脱模泥塑艺术，即泥制的各种小佛塔，小佛像等），这才突然意识到此行少了一件事，就是看看西藏的擦擦。于是因为擦擦与老刘有了一番对话，这之后竟也与老刘成了要好的朋友。

老刘是个痴情人，年轻时钟爱过一个姑娘，据说爱得相当轰烈。但痴情有时可能会伤害到别人，更会被别人伤害。所谓杀敌八千，自损一万。老刘不幸中了爱情的魔咒，求不得，放不下，想不开，最后走上了割腕自杀这条路。好在没死成，被他的同事给救了。

没死成的老刘离开了那个女孩的城市到处打工，打工后再骑行游历，现在还没有成家。看来老刘成家的念头几乎可以说是断灭了，他再也找不回当初的感觉。问起老刘现在对过去那段感情的感觉是什么，老刘简单地给我回了条信息：那都是往事了。还好有感动过的爱情经常浮现，但这一切不过是我独角戏的安慰罢了。

曾经的都是过去式了，“爱情”这两个字在老刘平静的心中再难激起波澜……

目　录

启程。昆明，大理

大理有老穆

出了昆明站，天空正扯着雨丝，水过地皮湿的路面，三三两两的骑行者。

从网上订的住处离火车站并不远，安排好后已是饥肠辘辘。推门进了家装潢精美的火锅店，不想却遭遇了平生最难吃的火锅。尤其是调料，食之倒胃，弃之可惜，只好拼命加醋试图调和。于是只剩下了酸，包括羊肉、青菜、豆腐无一不酸。硬着头皮吃吧。出门在外，什么都得适应，以后路上吃的不会比这更好。就这样安慰着嘴巴，糊弄着肚子，喝酒喝酒，干杯干杯。光脚盘坐在椅子上，拿起那瓶大理的啤酒“风花雪月”，想着明天就要到老穆那好好吃他一顿大餐。嘿嘿！心情瞬间变美了呢！

第二天的阳光让我大吃一惊。没见过这么明亮的光线，明晃晃、热辣辣地向我显摆着。加上昆明的空气又是如此干净，视线能轻松拉出很远。明亮的阳光照在身上，有点热却并不燥。昆明光闪、明亮的早上，恍若半透明的琉璃世界。

昆明到丽江搭临时旅游列车。

一路看过来的白云在蓝色的大幕上变幻着形态。

火车又是晚点，到达大理时已是傍晚6点半，老穆早就等候多时。一阵肌亲肤热后再上下打量，一个多月不见的老穆更是黑上加黑。

老穆的学校在大理古城，离火车站还有相当的路程。一路上老穆介绍着大理，说到大理的“风花雪月”：“‘风’是指下关风；‘花’是指上关花；‘雪’是指苍山雪；‘月’是指洱海月。”我似懂非懂地点着头，老穆趁机问我愿不愿来大理工作，我说当然。

途经老穆还没完工的花园别墅。二层小楼，有前后花园，更妙的是背靠苍山，面朝洱海。“我有一所房子，面朝大海，春暖花开”的理想，诗人海子没有实现，在人民教师老穆这却完美实现了。

我好生艳羡。

把行李以及单车搬到老穆所在大理学院的宿舍。稍事休息后，老穆领我们到大理古城吃饭。古色古香的所在，再加上一桌子颇具地方特色的佳肴，还装什么斯文，甩开腮帮子吃吧。我记得有吃货最爱的水煮鱼、当地名吃香煎臭豆腐、炖得烂熟的牛肉，还有竹筒盛的米饭……白花花的米饭也不知吃了几碗，反正魏涛比我吃的还多，真真饭桶一个了。这一顿狼吞虎咽，把几天来对肚子的亏欠全在老穆这次招待里补了回来。

酒足饭饱，驱车走过灯火昏黄的大理古城，空气中透着股清凉。

似乎有水雾弥散过来，古城有点朦胧，眼睛有点迷离，心中有点陶醉。文学的事这世界上只有两种来源，一种是撑出来的，一种是饿出来的。我要像吃饱撑了的文艺青年一样“发情”了……

大理的这两天是惬意的，最惊喜于大理的星空。

那乌云并没有完全散去，却也不再紧紧地抱作一团。微风拂动，乌云扯出去又聚起来，有些地方厚了，有些地方薄了，于是或狰狞或妩媚，在月色的光芒里，变幻出各种图案来。月光不及之处，星斗满布，颗颗闪亮。这么多的星星同时显现在夜空，真是非常震撼而又倍感奢侈。北斗七星悬吊半空，仿佛循着梯子就可以摘下。那边疑似银河遥挂九天，看不清的天河如同一团白雾。

“这还不是最好的星空，因为天空还没有晴透。”老穆说。

那晚梦到过一种很美的星月天空，醒来时还历历在目。我写了一首小诗，可惜欠一幅梦中所见的画。

大理学院依苍山的山势而建。老穆说：“早晨起来，云就在校园里跑来跑去。”我们都没看到跑来跑去的云，但对傍晚洱海的云叹为观止。洁白比蚕丝，质感如奶油，形状似棉被，将安然躺着的苍山从头到脚盖了个严实。苍山雪，素有大理“风花雪月”四景之一的美称，因着苍山上有经年不化的雪而得名。苍山雪，何必是雪，只是这云就将此说尽了。

既然位列“风花雪月”这么美的名词之首，这下关风就不应该太强烈。据查，下关风是苍洱之间主要的风源。此风终年不停歇，一年之中大风日数在35天以上，冬春为风季，夏秋稍小。下关风平均风速为每秒4.2米，最大风速达10级。此风风期之长、风力之强为当世罕见。

这个季节正好，风虽大了点，但有风没有沙，还带着洱海的湿气，的确让人神清气爽。据说下关风还很会开玩笑，比如行人迎风前行，风吹帽落，帽子理应落在身后，但在下关却会掉到前面。这种奇特的现象是源于风从两山狭窄的入口处吹入，中间成槽形，这就很容易形成上窜下跌加小回旋的风种。

这小风吹得人心神荡漾，魏涛这厮无疑是个好色之徒，看到一个长发飘飘的小美女背着双肩包、骑着单车往我们相反方向走，忍不住冲她傻笑。菇凉真诚莞尔，给这厮只留下一个坚强的背影。

作为云南第二，全国第七大淡水湖的洱海，据说因形状像人的耳朵而得名。水深而清澈。波涛起伏的水面之下，柔长的水草清晰可见。水面辽阔，看得见边的有苍山将之怀抱，望不到头的索性跟天空合成一色。天气虽然有点凉，游泳的人还是不少。

不得不说说一然堂。

一所古城能让游客记住，或者赢在格局，或者赢在文化，或者只是个人一段情感的自我投射。许多去过大理古城的都会记住这么一个小地方——一然堂，这是个以素食为媒介，可以看书、喝茶、发呆、充当义工、了解佛教，认识中国传统文化的小型道场。在这里只是坐了一小会，就会体味到一种从容的生活味道。

这是条安静的小街，横在小街上方的是块黑色的牌子，上面几个淡蓝色的大字：吃素· 品茶·看书　智慧一生。三间不大的砖石房子，古色古香。几张原木的方桌长凳，一字排开在大红柱子支起的房檐下。

素食是自助式，五元一位，管饱但不能浪费。把钱放在一个罐里就行，零钱自己找，钱不够可以改天去补交，或者没钱不交也行。

还没到饭点，看不到是什么菜，据说是四菜一汤。菜是自己种的，有专门的菜园。这里的菜应该是清淡的，符合我的口味。这让我想起当年在济南上大学时，曾到千佛山的兴国禅寺吃过几次素食。三个人才五块钱，也是随多随少地投。那些用青菜、豆腐、菌类做出的饭菜十分可口。环境又安祥，不光填饱了肚子，对精神上也是种调养。

去吃过的素食馆不多。近的有张店明清街上的了凡居，水饺朴素但清心淡远；远的有大雁塔天龙宝严素食馆，他们做的素菜精致而得禅门三昧；还有上海的功德林，那些素食点心让你吃起来既放心又可口。所谓“布衣蔬食，养生之道”，这些个小小的地方提供的这种饮食方式早就在欧美等国家风靡，我们这边饮食观的改变尚待时日。

此处也可以看书，从书架上随便抽一本就可以在外面的条凳上坐个半天。也可以合上书发会呆，看看阳光怎样一点点从这个墙角走到另一个墙角。耳边是梵乐，闻到的是檀香。老太太掐着念珠，眼含安详。小伙子坐在石板上低头翻看一本线装书。青青翠竹前，义工们安静地择菜。你一看他们，他们就双手合十，回你一个微笑。

书看不完可以带回家。如果不想止于看看，还可以当一天义工，择择菜，做个饭，到他们的无公害菜园去浇水、播种、施肥……

大理白族自治州，历史悠久，是云南最早文化发祥地之一。据文献记载，4世纪白族祖先就在这里繁衍生息，散布了许多氏族部落，史书中称为“昆明之属”。三国时期，云南、贵州以及四川西南部被称为南中，归属蜀国。后，孟获叛乱，诸葛亮妙计七擒之，平定叛乱，并在大理地区重建云南郡。大理传统工艺有扎染、剑川木雕。白族的民居和服饰也极具特色。大理的旅游有洱海、苍山、大理古城、崇圣寺三塔、大理挖色镇、剑川钟山石石窟等。

骑行第1天。
大理——西邑——鹤庆——丽江，169km。

冷雨大丽路

“我要去西藏，我要去西藏，仰望生死两茫茫，习惯了孤独黑夜漫长，雪莲花盛开在我的心房……”乌兰图雅的《我要去西藏》把我带进了天空透蓝的雪域高原。虽然在老穆这有吃有住，但想深深地呼吸一下雪域高原的空气有多清冽，即使是下着大雨也无法将渴望按压下去。

邀老穆骑着摩托车跟我们一起去，老穆咬咬牙最后还是决定不去。老黄将在22号从香格里拉赶到丽江，老穆为了我们三个能聚在一起，决定冒雨开车去往丽江古城。

出门看了看表，9点一刻，雨正酣。分体式雨衣，穿上太热，不穿又会被淋湿，这样的两难在后面的骑行中常常遇到。于是，黑色雨衣披身上，两只袖筒胸前一系，再扎好裤腿，戴上半指手套，蒙上魔术头巾，盖上头盔，往小宝马上一跨。嘿！这模样，这画面，酷！

这两天进进出出的大理古城在雨水的浸润下，那道青砖白灰的古城墙已成铁色。铁色的古城墙厚重，沉稳，牢牢地将城内的热闹关锁。

风雨中路过了崇圣寺。

大理作为佛教圣地，多处名山古刹无缘参拜。昨天晚上在古城曾远远看到矗立的崇圣三塔，三塔在灯光下金碧辉煌。可惜我们骑车过去时刚好关闭，奈何情深缘浅。

在这干净的雨中骑行真是够爽。一辆白色汽车从我们身边开过，四溅开来的水开成了缤纷的白花，前轮甩起的水结成了亮晶晶的珍珠。车洗得干干净净，轮胎上粗大的黑色花纹清晰如新。苍山的余脉一直甩也甩不掉地跟着我们。苍山山腰是条白色的玉带，又是云雾所成。这么好看的玉带，跟柔飘的哈达一样，搭在了苍山山神的脖子上。

遇到个路边的小摊，竖着的牌子上面写着“喜洲破酥”，学名“火烧”。黄澄澄的酥皮，里面放的是红糖，三元一个，最后以十块钱四个成交。先拿起一个咬了一口，还热着，好吃。以单脚支地，吃了小半个。

雨下得越来越大，魏涛在后面不见踪影。手机快没电了，昨晚停电没法充。老穆说他们学校从不停电，我们一去就停了。后面也遇到这样的尴尬事，走哪哪停电，好像我们是遭过雷劈的。真是咄

G·B8916

啮怪事。

骑了半天，这才把上关这一段骑完。远远的看到一个路牌，一手指大理，一手指丽江。马上踏入的就是大丽路了。

大丽路并没有高等级旅游公路的味道，甚至让我怀疑是否走错了路。来往于大理和丽江的旅游大巴以及自驾车一辆接一辆地呼呼而过。

拐出路边的小村庄，拨开两边丛生的绿树，一条向山的小路像草蛇一样蜿蜒。这是滇藏线上的第一座山，没有海拔记录，也没有名字。我们都没带行李，即使这样，骑起来还是累，出了一身的汗。

云雾四起，青山叠嶂。雾气未遮之处，可见山下星布的村庄。

骑到半山腰，看看快过饭点。趁着雨住，停车，宽衣解带。手指被雨水泡得发白起皱。披着的雨衣脱下，又把雨裤脱掉，虽然没淋着雨，但裤子已被汗水泡湿。拿出买的破酥，已经凉透了，没有刚开始的香味。出了这么多汗，最想吃的是有咸味的粮食，对里面的红糖也不再感兴趣了。但饭还是要吃的，就着白开水，看着车来车往使劲咽了下去。

魏涛的膝盖疼了起来。吃完了饭，稍事休息，爬起来继续赶路。

又是一座山。停了的雨又开始淅淅沥沥地下了起来。

遇到一位徒步的旅行者。披着黑色雨衣，打着伞。脸色黝黑干瘦，沟沟壑壑。虽然胡子拉喳，但并不颓废。他说他从黑龙江一路走过来，立志徒步全国。

雨越下越大，下坡冻得打哆嗦。干衣服都在老穆的车上，前不着村后不着店，正骑着，抬头看到一辆车停在路边，有个胖胖的人打着伞站在外面。走近一看，原来还真是老穆。

老穆忙招呼我到车上避雨，怕后面的魏涛看不见，继续站在外面等。一会魏涛也赶了上来，顾不上聊天，我们一顿吃喝。吃过东西，这才定住了心神。换上干爽的抓绒衣，身上一暖和又精神了起来。

看了老穆的里程表才知道我的码表坏了。骑一圈它只给我记录半圈，速度以及时间全打了五折。

到西邑还有不到20公里。老穆看雨下的这么大，建议在这里等着搭车。按照计划，今天最起码也要骑到西邑，我和魏涛决定还是骑车前行，到了西邑再搭车到丽江。

老穆拗不过我们，只好先到丽江定好房间，到那边联系好老黄后等着我们。

后面的路下坡比较多。大雨中冲下坡，放开了速度，一直冲到西邑。后来魏涛跟我说，也就山谷里全是雾气笼罩，否则看到那些悬山断崖心里肯定会害怕。

下午五点多骑到了西邑，今天的行程任务完成，可以安心去搭车了。有的骑友在这里住下，换干衣服吃热饭，我们还得眼巴巴地拦过路车。

才换上的干衣服又湿了。

第一次拦车，就跟第一次跟美女搭讪一样，总是不好意思。魏涛在路边站了一个多小时，竟然没有拦到一辆车，甚至拉猪的车也不停。纳了闷了，攻略上不是说这一路好搭车吗？看来攻略神马的都是骗人的。给老穆发了个短信，说不好拦车，连拉猪的车都不愿拉我们。老穆听完，没有半点同情的意思，反而哈哈大笑起来。友尽于此。

又往前骑了一段，看到一个车站，到丽江的大巴车都停在里面。

进去问了问，说都已经坐满了。

没办法，再次回到路边碰运气。从单车的一边转到另一边，不小心从车上摔了下来，心中沮丧。

夜色已深，等到绝望，拿起手机，又拔通了老穆的电话：

“走不了了，今晚住西邑，明天丽江见吧。诶，有辆中巴停下来，一会再打给你……”

在最后决定住下时，一辆中巴缓缓停了下来。里面的乘客不多，黑暗中也看不清司机的模样。好说歹说，才让我们上车，单车也扛进了车厢。司机还嚷嚷着我们要把车子扶好，不要碰着了他的乘客。

坐进车里，心中踏实多了。车行两个多小时，终于驶达丽江，这时已是晚上9点。

丽江古城，又名“大研古镇”，海拔2400米，是丽江纳西族自治县的中心城市，是中国历史文化名城之一，世界文化遗产。与同为第二批国家历史文化名城的四川阆中、山西平遥、安徽歙县并称为“保存最为完好的四大古城”。丽江古城是中国历史文化名城中仅有的两个没有城墙的古城之一，是中国仅有的以整座古城申报世界文化遗产获得成功的两座古县城之一（另一座为山西平遥古城）。

丽江古城是以充分体现人与自然和谐统一、多元融合的文化为特点，以平民化、世俗化的百姓古雅民居为主体的“建筑群”类型的世界文化遗产，是一座至今还存活着的文化古城。生活在丽江，除了遍布的酒吧文化，还有正月十五的棒棒会、二月初八的三朵节、三月初五的东巴会、六月二十五至二十七的纳西族火把节、七月中旬的丽江七月会等。

骑行第2天。丽江。

初见

其实骑行哪有那么多的奇遇与风花雪月，不如意的事十常八九，就像出行第一天就遭遇大雨，浑身湿透，冻得直打哆嗦；在西邑拦车，平地从单车上栽下来。遇到麻烦事，不去自我解嘲，不去自我点化，等神仙来给你个彩霞满天阳光铺地？魔幻去吧。况且这条路又不是别人逼你来的，是自己想要来的。既然来了，就将这个过程看作是赴一场宴会。管它什么鬼，统统收下。即使是风景，也不要太相信旅行者的描述，更不要太相信照片。旅行这玩意一半要靠运气与风景本身，一半要靠想象与看风景时的心情。我见青山多妩媚，料青山见我应如是。至于单车独行，也不一定是什么坏事，你可以自说自话自我调侃，还可以用身体的疲惫来转移心中的无明。骑行的过程中，心境最为重要，好的心境能使长时间的艰苦骑行变得色彩斑斓。

安顿好后出来找饭吃。本想请老穆好好喝一场，可饭菜奇贵。我和魏涛知趣地每人吃了碗最便宜的米线，老穆为了给我们省钱要了个更便宜的炒米饭，匆匆吃完。老早就知道老穆的饭量，虽然老黄因故没来跟我们相聚，但酒还是要喝的，跑了这么长的路，解解乏驱驱寒，也为兄弟冒雨相伴的情谊干一杯。

回到客栈，洗个澡，把湿的衣服洗净挂在客栈小院的苹果树下。魏涛还顺手摘了三个苹果。皮厚肉少、刚长出点苹果味，也让我们啃了个一干二净。

脱鞋，上床，添酒回灯重开宴。把从便利店买来的一堆吃的和啤酒悉数打开，边吃边喝，聊天到天亮。舍不得走，老穆跟我挤在一张床上。多亏老穆没什么不良爱好，床也大，这一夜睡得十分香甜安稳。

疲惫不堪，摸着黑进的县城又摸着黑到了束河，初见的丽江并没有什么特别的印象。那一夜的束河古镇，酒吧灯光迷醉，音乐乱七八糟，震得我的心怦怦跳，但又不是遇艳的那种心情。

清晨起来，再看这家小客栈，宁静别致，全是木制结构。长木条的地板，圆木形的楼梯扶手，厚实的木门，连打水的轱辘也是古拙的木头制成。几盆花草沾满露水，一段朽木暗生青苔。拖把椅子懒在黑白石子铺就的院子里，心中欢喜。老穆更甚，舒坦的表情像是在显示自己才是这家客栈的男主人。

真正的主人早就把大门打开了。大门外是座小木桥，桥下有流水缓缓淌过，清冽，透亮。红灯笼高高挂起，像串联起来的台湾烤肠。门上还有块大木匾，上书：流世之外。这名字起的，小资，小资。

就像仓央嘉措在《问佛》里写的那样："留人间多少爱，迎浮世千重变；和有情人，做快乐事，别问是劫是缘"。浮世千重变，还有什么不是浮云。人生不满百，身长不过数尺，何必怀着千岁之忧，殚精竭虑，为着些电石火花之事忙碌一生？任古今多少事，难得有情人，是缘也好，是劫也罢，且就眼前这道景这碗茶。洗个脸，刷个牙，忘却昨日的不快，带着今日的清爽，溜达在清晨这喧嚣未起的小镇。

青石板的小街高低不平，踩不到的边边角角长出青青野草。这条街古木小楼林立，转过这条街转眼就成了砖石实木混搭。无论古木小楼还是石木混搭皆以青瓦做顶，无一例外地楼高不过三层。这个地方很合适我。

路上行人稀少，偶尔能看到纳西族老人蹒跚而行。

桥上有个纳西族老人找了个好营生。身穿大红袍，头戴长毛外翻皮帽，手里端着细长的烟枪，充当起活道具来陪游客照相。老穆好奇，过去拍了几张。老纳西不干了，伸手要钱。老穆见事不好，扭头就走。心中略感羞愧，老穆回来时也坚决不从桥上走。

这里是拍婚纱照的好去处。摄影师在拍，我们也大模大样地跟拍。新郎新娘沉浸在彼此的幸福之中，不曾想他们的美好时光也落进了我们的镜头里。

这里是邂逅美女的好去处。博古架上的古玩琳琅满目，一位长发

飘飘的白衣女子在抚香。抚香的女人是美的，喜闻檀香的女人是柔软的。不管是求发财还是求平安，美女抚这段香时的定静与虔诚神仙可鉴，我也得见。“咔嚓”一声，美丽的背影永驻了。

那边小店的蜡染布比乌镇的蜡染布颜色和图案多样得多，吸引着众美女纷纷驻足拍照。这位美女的侧面清纯无邪，我和老穆也无邪地紧按快门。老穆在像抓壮丁一样四处抓拍美女，我除了抓拍美女也在抓拍他。

流水流清，时间流缓。在康河的柔波里，徐志摩甘心做一条水草。在这束河古镇的柔波里，又何尝做不得。

要走了，不知何时再见，我和老穆在束河“初见”的牌匾前合影。

老穆是在华东师大访学时认识的，初见是因为一场酒。今日一别不知何时再见。想着在老穆家的那些精美吃喝，想着老穆为我们组装大床时的不辞麻烦，想着我还欠着他一顿红烧带鱼……我很不舍。

告别老穆，推着单车慢慢从束河古镇出来，天上飘着些毛毛细雨。

一段水泥小坡，坡下边有个小店面，店前停着几辆单车，几个人在门前空地处闲聊。一个穿骑行服、眼睛白亮、身体黑瘦的哥们儿冲我们打招呼：“过来聊聊。”

这一聊才知道，这哥们名叫Alex，澳门退役的自行车运动员，参加过环法自行车赛等多项国际赛事。退役后四处游走，一年前来到丽江，觉得这地方不错，于是安营扎寨，享受起云南的阳光、空气、雪山、美食。这个小店是他开的，为过往的以及常住的骑友们提供些专业帮助。

知道我们准备骑到拉萨，Alex热情地给我们鼓劲做指导。从整车到装备到路线，又讲到高原骑行的一些注意事项。

从四月份买车到现在一直很菜，自己的那点知识都是从网上得来，网上的说法差别很大，常常让我无所适从。意外得到了高手的指导，真是喜出望外。

我们这次出行心情并不舒畅，甚至有些沮丧。来时所听到的大都是些反对意见与负面消息，当然知道这都是一种关心和担心，但当我决定要做这件事时，最想听到的是些正面的指导和支持，最想要的是默默祝福，然后让我放心去经历。

Alex为我们这次骑行鼓劲，也廓清了我以前的一些模糊看法。比如高原骑行，一些不是特别打紧的行李最好不要带。从Alex那里出来后，把那些用处不大的打包寄了回去。后来知道防晒霜也用不着，有魔术头巾就足够了。在来之前从网上查了一些骑行必备和可选的装备，其实我们这一趟骑下来，发现有些东西是没有必要的，比如外胎。我把这些总结出来放在攻略部分，想去长途骑行的你在出行前请

好好检查一下。

至于首次进藏最关心的高原反应，Alex说高反主要是因大脑缺氧引起。他教给我们一种呼吸法：吸两口呼一口。我不知道别人如何，这个方法在以后的爬坡过程中一直这样用着，特别是感觉头晕时，用这种方法调节调节，高反很快就过去了。

Alex还介绍了一位朋友——在望酥油茶的珍珠卓玛。他给我们留了她的联系方式，到了那边后她会照顾我们，还说卓玛住的地方风景非常好，建议我们在那休整一晚。

一直对自己的车子不放心，Alex帮忙做了一番检查，把本来太低太靠前的座位重新调了调，再骑起来就感觉舒服多了。

Alex还收藏了几辆单车。一辆法拉利的单车，已经绝版了。一辆参加过环法自行车赛的单车，速度上到一百不变形。专业就是专业，让我们俩菜鸟大开眼界。

游玩丽江古城。

丽江古城的流浪歌手

从束河古镇出来，又在丽江古城晃荡了一下午。

丽江古城早就不是原来的丽江古城，她的喧嚣远甚于束河古镇，到处人挤人。特别是有小吃的地方，经常会聚集了一帮吃货。音乐震耳欲聋，这里渐渐变为了喧嚣而商业化的地方。

这样热闹的地方我还是来了。虽然人来人往如过江之鲫，但热闹中有喜欢热闹的人，也自然有能闹中取静者。我逛丽江，逛得平静，逛得自我，逛得旁若无人。

两个人的大理，一个人的丽江。

如果以前的丽江古城还羞羞答答像是待字闺中的少女，现在的丽江古城俨然已成熟妇。各有各的美吧！我不排斥丽江的商业化，这不是一类人的丽江，有人要寻梦，有人就发财；有人要住宿，有人就出租。丽江没有错，大家各取所需。弱水三千，一人一瓢嘛。

在丽江古城晃荡了一个下午，不但没有因人多而烦躁，倒是有许多东西打动了我。一个是原创服饰小店“那些记忆”。小店里面的服饰很民族风，看得出店主的用心。特别是墙上写的那行字：“我们一直在感动自己的路上努力行走，盼望这轨迹亦感动你”。

另一个就是丽江古城里的流浪歌手。

这是个组合。三人无缝组合，拍打着非洲手鼓，配合着吉他手的弹奏，唱着自己的原创歌曲，他们是真正热爱音乐的人，他们陶醉的神情足以让过路人动情，驻足静听。

离开三人组合，拐到另一条街。先是听到低缓的吉他声和沙哑的嗓音，继而看到地上敞开的吉他盒里放着一堆钞票。也是个流浪歌手，白T恤、蓝牛仔、白色棒球帽，自弹自唱。弹和旋的右手断到肘关节，用粉色毛巾缠着，插在毛巾里的是根绿莹莹的拨片。一时间触目惊心。

我把车子支好，坐在了他的左手边，听他边弹边唱。熟悉好听的情歌，在阳光已不再灿烂的黄昏。

田震的那首《爱不后悔》：

旧梦逝去

与酒相偎

感觉到疲惫

誓言全都被一一违背

是错还是对

夜里无法安然入睡

缝补心的碎

原来以为会越来越美

醒来才知是我醉了

爱已经被荒废

却从未流过泪

情已变得憔悴

它虽然被浪费

我不后悔

……

一首接一首，歌声飘荡在这人来人往的丽江古街。地上是潮湿的青石板，空中是沧桑的声音，以他为中心，仿佛笼罩了周围的方丈之地。有几个大学生走过去又折回来，高个白净的那个同学想让他伴奏，唱一首《张三的故事》。

“可以。”他微笑。

于是，大家围起来开始唱。他一直在微笑，同学唱得有些拘谨：

“我要带你到处去飞翔，走遍世界各地去观赏。没有烦恼，也没有那悲伤，自由自在身心多开朗。我们要飞到那遥远地方，去看一看这世界并非那么凄凉……”

休息中，跟他聊了会天，知道他从广西流浪到这里。听我们说要去拉萨，他很感慨，说路上一定很不容易，挺佩服我们的。说自己一个人在外漂泊，居无定所，这种生活并不是文青们以为的悠悠晃晃，一路浪漫。然而也不那么可怜，起码自由自在。他嘴角上扬。

其实，这种按自己内心生活并不是每个人都能消受得了。这位流浪歌手选择的这种生活方式，我也很能理解。跟澳门的Alex一样，这种生活无论是艰苦还是悠闲，按自己喜欢的方式一直坚持下去就值得尊敬。

……

慌慌张张 匆匆忙忙

为何生活总是这样

难道说我的理想

就是这样度过一生的时光

不卑不亢 不慌不忙

也许生活应该这样

难道说六十岁以后

再去寻找我想要的自由

……

我们一起唱着，百感交集。

“正好明天我们是正式远行的第一天”，我说。

“那把这首歌送给你们。一路平安。”

互道保重，在这黄昏后的丽江古城。

从大理到丽江，真正的骑行还没开始，这几天过得可以说是非常散漫。散漫也是这几所古城的特色。古城那些做生意人的生活态度用从丽江看到的一句宣言来说就是“开了十年店，发了十年呆”。生意永远放在第二位，惬意地生活才是第一位。所以，在这里进店没人理，早上起来门不开，那是再正常不过。

散漫会让你觉得时间在这里的流逝是缓慢的，散漫会让你觉得这里的生活是简单的，散漫会让你觉得随遇而安的生活方式是蛮不错的。老穆曾说起过一位流浪到大理的背包客，看中此处后，用身上仅剩的银子搞了个卖光盘的营生。挺好。澳门的Alex就更不用说了，一年前来到这里，走都不想走，以单车为媒介，广会天下友，每时每刻地享受着丽江。

在这里你可以发一天的呆，可以看一天的行云流水，也可以看川流不息的各色人等。这是小资的地方吗？不只是。端着一杯咖啡看云的可能是小资，嚼得菜根百事能做者绝不是。小资总给我一股奶油的腻味，这里没有。比起上海的田子坊，这里有一种历经沧桑后的独闲。一个人来好，两个人来也不错。

这就是大理，这就是丽江。

骑行第3天。丽江——石鼓——桥头——虎跳峡——宝山。85km。

单车上的旅行者

从今天开始，才是滇藏骑行的真正开始。

按照攻略，今天的目的地是虎跳峡。Alex前几天骑过，说从丽江到虎跳峡有一段路特别烂，下雨之后更是难上加难。他给我们的建议是搭车到桥头，过了桥头，再往虎跳峡的路就好走了。Alex认为没必要在这条破路上花时间，何况这种烂路对车子也不好。

的确是有些烂路。烂路大约出现在出了丽江50公里以后。黄色的泥浆，粘稠，大车驶过，碾出一道道深深的车辙。路上看到些骑友，个个全副武装，精神抖擞。还看到两个徒步的，其中一个灰头土脸，骨瘦如柴，头发爆炸成粉丝状，胡子比头发还长，拄一光秃树枝，形同饿鬼。

坐在最后跟我们并排的是两个年轻老外，一男一女，男的粗犷，女的秀气，叽里咕噜地讲着英语。男的拿出本字典，中英文对照，用他长满长毛的食指冲着我们指着“虎跳峡”三个字：“#￥#%&★&%★￥……”此处笔者无能，省略一百字。虽然听不懂他在说什么，但通过肢体语言，还是能知道他是什么意思，我们礼貌地微笑点头：“Yes，yes。”

后来，我们用小学水平的蹩脚英语和他们开始了“很漫长”的聊天。

中途老外一度狂点头，我们怀疑他们是否真听懂了。

魏涛问他们：“Where are you from？”

“France。”

法国人？还以为是俄国或美国人呢。老外咋都长一副模样。

“By foot？”我问他们。

“Yeah。”

“We by bike。”我做了个骑单车的简单动作。

老外点头，直竖大拇指。

#￥#%&*&%*￥……（自行脑补）

不久，巴车进了站。老外的表情是在问：到站了吗？

我用表情再加点头回应。

他们背起背包就往外走。

我们也下来打开车上的行李厢取行李。

司机叼着烟不紧不慢地过来说“还没到，这是临时进站让大家休息方便”

一听此话，赶紧放下行李去喊那两老外。美女一脸惊愕。

一通地道的山东英语洗脑后，他们总算明白了，这才又重新上了车。

一路上好辛苦。

车行时间不长，11点钟，桥头到了。

两老外跟我们道别。他们背上包徒步去虎跳峡，我们赶紧联系前面的司机去取单车。

这一路的路况非常好，有几个坡，但构不成难度。路的两边是青山，咆哮的冲江河奔流直下，精神抖擞的我们轻松直上。

路过一座桥——欣桥，这名字起得好。停车稍息，为车子拍照留念，写下名字，表示我曾从这里走过。

正骑车，后面有辆摩托车追上我，是个大汉，我还以为是劫匪。壮汉闲得无聊，降下速度，有一句没一句地跟我聊起天来。

“没去虎跳峡看看？”

“没有。”

“你们这些骑车的，光顾着骑，这样的地方不去会后悔一辈子的。我刚从那下来。”

“呃……”壮汉如此直白的聊天方式，竟让我无言以对。

“从哪来？”壮汉话题斗转。

“山东淄博。”

大汉一听，脸色突变。

“我一听淄博就来气！”

“？！”我顿时语塞，想来愉快聊天是不可能了。

“我女朋友就是你们淄博桓台的，嫌我穷前年跑回老家去了。”大汉气呼呼地说。

这是一个悲伤的故事，我想。不过，关——我——什——么——事！

汉子画风一变，忽而顾自怜惜起来，闺中小怨妇似的，絮絮叨叨讲得我灵魂出窍。

大汉看见我无精打采，一脸死相，自觉无趣。于是狠狠瞪了我一眼，自顾自地骑着摩托一溜烟消失了。

呼——！我深深舒了一口气，顿时有了人气儿。

3点半骑到宝山。找了个小卖部，吃东西，买了罐可乐奖励自己，等着魏涛来。

喝着可乐跟小卖部的老板娘打听情况。老板娘说此去香格里拉路程虽不太远，但要翻两座大山，赶过去就到半夜了。况且山高路窄，下临深渊，上无护栏，大车跑起来不顾一切，很是危险，不如在此处暂住一宿，养精蓄锐，明日汤足饭饱后再赶路。

我抬头环顾四周，倒是有个住宿的地方。

抱歉，别怪我多想。当年武二郎在景阳冈吃醉了酒，店家好心让他留住一晚以防被大虫当夜宵啃了，好汉武二郎还不是以为店家是故意吓唬他好赚他的住宿费？

我之前在网上看到的类似的故事也太多。尤其出门在外……

一时难以抉择。给Alex和卓玛打电话，他们也建议不要着急赶

路，住一晚再走。

魏涛赶上来，跟他商量了商量，决定住下，明天一早赶到小中甸。

决定住下后，给卓玛发短信说明天上午赶到，请她给我准备好青稞粉。这是Alex的建议，说青稞粉这东西抗高反，好保存，热量高，转化成能量的速度快，是高原骑行的好东西。

这里不光价格便宜，房间干净，魏涛转了一圈回来说看到墙上那些标语后更加坚定了他住在这儿的愿望。

走廊里雪白的墙上写满了骑友们的各种“黑色”留言，有给自己加油的（通过夸大困难来表彰自己），有说自己是个爷们儿的（可能在骑行前不是个纯的或者来时刚动过手术），有写给自己女友的（以这类趁机表白的居多）。

我们也兴致勃勃地写了几句。魏涛希望他的膝盖多争点气，我则写上了我的遗憾：卓玛在香格里拉等我，可惜今晚我赶不到了，明天吧，哈哈。

洗了澡，换身干净的衣服，骑上单车在宁静的小镇周围无目的地乱转。

一眼单孔石桥横跨在冲江河上。桥面斑驳，少有人走，

大丽线

青草和青苔几乎疯长到了路的中央。桥中间的一侧孤零零地竖着一段方形石柱，惯看这冲江河水滚滚流过，昼夜不舍。

这座桥连接着两岸的青山，却不似前面那座寂寞。新轧出的车辙，一直延伸到远山深处。我来轧下一道，这座无名的桥我也走过了。

傍晚下起了雨，倚着床头看电视。正庆幸着没有急着赶路，门开了，一个全身湿透的骑友闪进来，继而又进来三个。问了问，原来是一早从丽江骑过来，今晚打算投宿在此，目标也是拉萨。四个大学生，他们也是在路上遇到的。

相见就是缘分，我们六个陌生人凑在一起，决定结伴同行。

又是停电。在大理停电也就算了，此处，守着个冲江河水电站还是停电，近水楼台却不能得月，奈何。点上蜡烛，吃了顿丰盛而又黑灯瞎火的烛光晚餐。

入夜，窗外大河奔流，如狂风暴雨。

在望酥油茶

小中甸就是小香格里拉。这是个高原草甸，位于云南迪庆香格里拉县城南部，是进入香格里拉的必经之路。

这是适应高原骑车的第一天，海拔将由虎跳峡的1850米上升到香格里拉的3350米。小中甸的海拔也在3240米左右，这个海拔上升也不小。

出门就是上坡，车行半个小时经过骑行中的第一条隧道——俄迪隧道。

出了隧道，稍事休息，嘴含阿尔卑斯，这一路的上坡的骑行开始了。

路在山上盘来盘去，一层层的攀升，变速器一档一档地下降。爬上这段坡后面还是坡，没完没了的坡。山势逐渐抬升，空气清凉，却总也挡不住热汗狂流。

大片大片的草甸，滇西北最美丽的藏区草原就在眼前。木栅栏，小木屋，沿着山坡往上是平坦的草甸，草甸后面是茂密的森林，再往上是无处不在的蓝天白云。

10点钟爬上第一座高山。顿觉视野开阔，四海澄清。

有道木护栏，自驾游的人在那照相，据说下面是香格里拉大峡谷。山脚下的那条冲江大河已变得只有二指来宽，夹在两山之间，明灭可见。

往前走，又是大片大片的草甸，比先前看到的规整了许多，一层层如同梯田。远处群山连绵，近旁梯田下的黑瓦小屋聚集在一起，形成了一片和睦的小村落。想想傍晚炊烟四起时此处该是多么祥和宁静。

下了这座山，路变得宽

阔，成片的草甸消失，代之以林立的松树，肩并肩地挺拔着。三知骑行在前，那气势就跟将军检阅一般。

再往前，道路更加平坦，像是来到了坝上草原。黑牛、黑猪在草地上徜徉，白云在蓝天里游晃。前面，那地平线消失的大山后面就应该是香格里拉了吧。

一路骑行，一路风景。沙石架起来的公路下面有一片蓝色小野花，星星点灯一般。三知叫喊着冲下去要近处看看这些路边的小野花，我也跟着下去。

这片蓝色小花漂亮极了。淡蓝色的单层花瓣自由舒展着，花心处的蓝更加澄净，沐浴着阳光雨露。再往前骑，前面又有成片的野花，黄色，紫色，处处姹紫嫣红。这么漂亮的花，我们只拍不采，让它们继续热闹地生活吧。

给珍珠卓玛打了个电话，知道她快到了。

这时，成片的油菜花由远及近地推到了我们的面前。不像在崇明岛看到的那样亭亭摇曳，这里的油菜花低矮却开得饱满，个个热情奔放，神采飞扬。空气中没有闻到油菜花的香味，却看到她们惊艳了一山的沉默。

不远处是“在望酥油茶”的招牌，三知一骑绝尘地往前飞行。

一座木头搭建起来的凉棚里面摆着一张方桌，周围环绕着一圈椅子，椅子上平铺着羊皮。梁上挂着各路骑友的条幅，柱子的边边角角

都满是涂鸦，想必大家各怀心事来这遥远的地方修行吧。

一个藏族老妇迎出来，笑咪咪的。一看年纪就知道不是我们要找的珍珠卓玛。

“卓玛呢？我们找珍珠卓玛。”

藏族老妇走过前面一片沙石地，冲着凉棚对面的一座二层大房子喊卓玛。

片刻，看到卓玛笑着向我们走来。卓玛穿着一件粉红色上衣，黑色紧身打底裤，外搭一条内地爆款超短裙，还戴了顶时尚的帽子。皮肤有点黑，略带高原红，眼睛不大，但笑起来弯弯的。嘴角总带浅浅的笑。这不就是晒过日光浴后的汉家女子嘛。

赶紧跑去合张影吧。我跟三知他们各站卓玛一边。背后是翻滚的香格里拉白云，中间是美丽的藏族女子卓玛，多和谐的画面呀。

卓玛让我们先喝酥油茶，她要去换身行头，因为她觉得一身汉人打扮太对不起我们这些远道而来的朋友。

藏族老妇端上来的器具独具藏族特色。古铜色的木杯子用来喝茶，一大木盘青稞粉，一碟青稞饼，一碟碎酸奶片。大肚子铝壶，取柴生火，把壶底熏得黢黑。从里面倒出咖啡色滚烫的酥油茶，茶香扑鼻。

终于看到了青稞粉，终于喝上了酥油茶。

青稞粉是藏族人民数千年来的主食。据悉，青稞是生长在高原海拔3200米至3800米之间的裸大麦稀有品种，远离污染。国内仅藏区有，属无公害的绿色食品。青稞粉是经过洗净晒干后，用传统工艺水力石磨加工制作而成，纯粹自然，食香味美。青稞具有“三高两低富硒”（高蛋白、高纤维、高维生素、低脂肪、低糖、富硒）的特性，青稞自古以来就有药食兼益的说法。

酥油茶是藏民每日必不可少的饮料。居住在青藏高原的藏族，由于独特的自然地理环境，日常生活中以酥油和糌粑为主要食品。那里气候较冷，不宜于蔬菜的生长，与之相比，茶叶却容易运输和保存。在长期的实践过程中，藏族人民渐渐懂得，蔬菜所含有的营养成分，可以通过茶叶来补充，就这样创造了独特的打制酥油茶的方法。打制酥油茶是将砖茶用水煮好，加入酥油（牦牛牛奶中提炼的黄油），放到一个细长的木桶中，用搅棒用力搅打，使其成为乳液。

酥油茶具有极高的热量，是补充体力的好东西。

打酥油茶的是一个长木筒，一尺来高，用一长木棍在里面上上下下地捣，动作像给单车打气一样。我试着打了打，技术不行，溅的到处都是。

他们几个也赶了上来，大家围坐着，喝着地道的酥油茶，谈笑中心情越来越舒畅。有骑友从此经过，我们喊他们过来休息休息，喝喝酥油茶。他们大多只是在棚子外面停停，随便吃喝点就急着赶往香格里拉。

有两个美女徒步经过，远远的，虽然看不大清楚容貌，但大家却用比招呼同性更多的热情喊着：

“来喝酥油茶！”

“来吃青稞饼！”

“免费！”

“要搭车吗？”

男银见到美女都会变成“贱人”！

我们正喝茶的功夫，卓玛已全身上下“藏”然一新。黑长裙，长下摆，上面绘制着精美的图案花纹。短上衣是艳丽的红色，小斜对襟，立领。脖子上挂着几串七彩石头串成的项链，手腕上还缠着彩色的珠子。

嗯！这才是我们想象中的珍珠卓玛嘛。

停留一晚。

月亮湖·温泉

决定在卓玛家住一晚，大家商量着明天一早再赶往香格里拉。

住下来要有住下来的理由，毕竟香格里拉才是我们今天的目的地。香格里拉距此才30公里，用不了一个下午就可以轻松骑到。况且先前有Alex的推荐，说卓玛家住的地方就是风景，早上可以看日出，傍晚可以看日落。卓玛也说，其实真正的香格里拉是在小中甸，再往前走已是开发的景点，缺少了原生态。她指着一张照片说，这是跟大导演张纪中的合影，张导选景都是到这里来。我一瞅，还真是没长胡子的张纪中。

卓玛说下午可以到周围的村落里转转，还特别向我们推荐了两个地方，一个是月亮湖，一个是温泉。大家一致决定先看月亮湖，剩下的时间全用来泡温泉。

顺着卓玛手指的方向，有座白塔在半山穆然矗立。

“白塔下面就是月亮湖。我们藏民许多重大的活动都在那边举行。”卓玛给我们介绍，“那个地方一般来旅游的都不知道呢。”

没有其他游客去的地方好啊。把沉重的行李卸下，只带着水，一行六人，轻车问湖。

白塔看上去也不远，但如果想顺着路去找还要费些周折。单车跳跃在坑坑洼洼的乡间小路，周围犬吠声以及蔓延两边的草原花海。花海太美了，车子往路边一扔跳进了花的海洋。有人“呀”的一声，原来草地里有水，水顺着溯溪鞋的鞋底浸湿了袜子。

各种颜色的花开得灿烂。比起单一颜色的油菜花，这种姹紫嫣红的开花方式，让人生出一种任性的快乐。这一簇簇离开城市的花儿像群不谙世事的孩子，疯玩在广阔的草原上。头顶是纯净的天，脚下是热闹的花。牦牛在吃草，微风在吹拂。除了我们几个多余的人，这片天地只属于当地的原住民。

转了几个弯，白塔又出现在眼前。远远的两道隐约的车辙引向一个树圈。那是个由粗大的树围成的圈，拉着彩色的经幡，中间是块空地。听卓玛说这是藏民的圣地，建议我们下车推行，以示尊重。我们停止了嘻笑，安静地推车走在这空旷的草原，心中竟隐约有了朝圣的感觉。

神圣树圈旁边是个高原湖泊，湖面并不大，不知从哪又是何时聚集了这一汪碧水，水草将整个湖面围了起来。

湖泊，如同一滴水从天上无声地滴落。又像是八万年前的一杯沧海倾泻下来，又用了八万年的时间宁静成了如今的这个小湖。白云

来了，映在湖面；走了，片羽不留。只有蓝天才可与她相印，碧水不涸，蓝天永远。月亮第一个来，于是她有了“月亮湖”的名字。

两棵树守着这个湖。一棵已经枯死，还在守着；另一棵会一直守着，直到枯死。从高处往下看，这个湖像是盈满清泪的眼睛——她在等谁来为她吻干呢?

高处的白塔，静默地注视着远方。白塔，这是藏传佛教的标志性建筑物，这种宗教仪式的建筑物与这里的气氛特别协调。喜欢用白色也是藏式寺院以及民居的传统。这种哈达白，尤其是后来在大昭寺看到的白墙，很容易让人有浮生出世之想。

不管有无心事，躺下来，头盔往脸上一盖，看天看云，让温暖的阳光从头盔的缝隙照进来，好好睡一觉。

这个湖还有个凄美的传说。传说有位女子与一名男子深深相爱，但有情人难成眷属，女子绝望中投湖自尽，至于那个男子是否也殉情却没有了下文。千古痴情唯女子。

据说这个湖虽不大却深不见底，当地人为了防止不知情的人进入，用草圈了起来。这个湖还有个神秘的地方，如果向湖里投掷一块石子，就会引来一场大雨。这雨水可能是那位女子或那位男子流下的眼泪吧。

这些都是卓玛后来告诉我们的。早知道这个凄美的传说，我会向湖心投下一枚小石子。

西藏的白塔几乎随处可见，每个村庄都会拥有至少一座。据说白塔里一般都供着佛像或是刻在石头上的经文，为的是保佑整个地区的安全，因为藏民认为世界上最凶残的恶魔是在西藏和尼泊尔。所以，

为了防止恶魔的干扰，他们就建造白塔，在里面供上佛像。

温泉也是我们摸索着找到的。一路的上坡，出了一身的汗，骑到怀疑是否走错了路时才到达。

这一路的景色如同世外桃源。远山起伏，白云漫卷。金灿灿的阳光透过蓝蓝的天空倾泻而下。铺张的青稞，遍地的野花，低矮的小泥屋。这个地方确实是隐居的好地方。

卓玛说这温泉是当地人自己开的，没有大规模去开发宣传，可能就是以自用为主，游客有来的就给几个钱。卓玛还说当地的风俗是男女共浴，意思是让我们不要见怪，放心洗就行。我们几个相视一笑，自顾自地浮想联翩。

池子不大，水有点浑浊，有两个女孩在水里。只露着头，高原红的脸泡得红嫩，大眼睛上下打量着我们。倒是我们有些害羞了，很是尴尬。

池子不深，温度正合适。水从岩石的孔穴中流出，流过池子，又

从出口流出。卓玛提前跟我们说过，水是流动的，所以很干净。

池子不大，我们六个人简直腾挪不开。又想嬉戏，搅得水花四溅。池子中间有根铁棍支撑着上面的顶蓬，从打赌谁能爬上铁棍的顶端到打赌谁能爬上横梁。唉！就为了一根火腿肠兄弟们真不必这么拼。两个女孩躲在一旁偷笑，好像我们是第一次见到水的疯子。

泡温泉回来，卓玛的母亲在那不紧不慢地生火做饭，我们坐等。

硕多岗河哗哗流淌。我们坐在外面的椅子上，有一句没一句地聊着天，等着天边的白云一点点变灰，变黑，变厚，最终也没看到Alex说的七彩云的出现。夕阳西下，一时凉风四起。远处的山已沉染成青黑色，硕多岗河也泛起了亮光，波光粼粼地反射着夕阳最后的那一缕光线。洁白的月亮升起来，渐渐疏离了片片羽状的云，越爬越高，一直升挂到很高很高的天上，洒下寂寞的清辉。

饭做好了。却又停电。胡乱把肚子填满，继续坐回外面的椅子上抬头看那满天星空。

夜晚的风越吹越凉，吹透了我的清瘦，不由得打了几个寒战。

同样是灿烂，这里的星空不同于大理，大理的星空仿佛抻手可得。不知是不是海拔高的原因还是由于空气稀薄，这里的星空明明不远，定睛看时，才知遥不可及。

他们说看到了流星从天际划过。那又是一个此生无法实现的愿望吧，才惹得星星羞愧地滑落。

月光连接经幡，
硕多岗河流缓。
玉兔金乌升落，
此星亘古不变。

月光连接经幡，
一切复归初见。
前路是劫是缘？
风摇昨日渡船。

骑行第5天。小中甸——香格里拉。38km。

融聚香格里拉

早上8点半出发。告别了珍珠卓玛，告别了在望酥油茶，带上已经装好的两袋青稞粉，赶往香格里拉。

平整的路面，平缓的上下坡，38公里，一直畅通到香格里拉县城。三知的骑行速度快，腿上跟装了马达一样，自此得了个小马达的称号。

我们不急，悠闲地欣赏着一路的风景，骑过了草原，骑过了挂满五色风马的白塔。

我们所要去的是香格里拉的独克宗古城。达超的朋友已提前在古城一家叫“融聚”的客栈定好了房间。融聚，这名字起得温暖别致。名字别致是我们走过的这四座古城的共同特点，如一然堂、流世之外、柔软时光、一二三石、初见、艳玉、一尘一忘、风之影、花食界、柴虫、单车与刀、那些记忆、甸腊卡、花间堂、香谷，等等，单看名字就让人恍然生出流世之外的感觉。

青石台阶，全实木的小客栈已晒成古董黄。斜斜支起一扇玻璃窗，门口箕踞两架大红的布艺沙发。两扇木门洞开，黑白布帘高挑。扛起车，抬高腿迈过半尺的木门槛，脚踩到地上的厚木板咚咚作响。小客厅暗而小，眼睛要适应一会，没仔细看屋里的陈列就顺着光线走到了过道。

正对着客栈门的是一条过道，光亮从这里透出来。一方窄窄的小院，几丛高低不一的花草。几辆单车停放里边，车子斜靠架子，解下红色的驮包。

提着行李，沿笨拙的木梯往二楼走。只有很少的阳光漫射到这里，昏暗中差点摔倒。掀开布帘，一排单人木床排列有序。白床单，白棉被。四扇雕花的窗户泛着白光，墙也是由一块块的原色木板拼成。这样的地方，甚合我意。

出去找饭吃。饭菜还没上来，魏涛实在是饿坏了，连临桌剩在饭桶里的米饭也不放过，拿过来就吃，边吃还边说别浪费。不管人被逼到什么境地，都要学着去适应，放下以前所有的成见和习惯，这至少是我此次骑行的目的之一。

这所古城与大理、丽江的那三个古城大同小异。所不同的是阳光特别灿烂，不知是今天的阳光特别还是这个地方特别。骑友在独克宗书吧门前拍照片，把阳光的那种明亮温暖留下来。这本来就是座慵懒的古城，且将自己混同小资，将这午后的时光浪掷在脚下这凹凸不平的青石小径。或者不想走了，那就躺在这里看看书，再叫上杯地久天

Harmony
Guest House

长咖啡。看累了，书随意一丢，随便就能睡到天昏地暗。有些人却怀有心事，离开熟悉的地方到处游走，本想忘记一些人一些事，到后来却发现记忆变得越来越清晰。明明是热闹在勤修栈道，不曾想寂寞早已暗渡陈仓。

晚上八点多，天色渐暗，四方街广场已经热闹起来。许多人围成一个大圈，伴着欢快的藏族音乐，众人翩翩起舞，跳起了锅庄。一身红裙的美女和一个戴眼镜的帅哥，动作柔和舒展，把音乐里快乐的旋律洒脱地展现出来。呃……达超和荷花，画面美到不敢看。尤其是达超，张牙舞爪，跟喝高了一样。这锅庄舞看着动作简单，可跳起来就觉得手忙脚乱。不一会儿魏涛喊着自己会跳了，可惜我欣赏不了他的舞姿。呵呵…重在掺和，重在掺和。

回到客栈，音乐还在脑中环绕。魏涛一脸兴奋。达超和荷花也双双回来。达超头上这大红头巾很是抢眼，加上这圈络腮胡，很北方汉子。荷花腰间系着丝巾，优美恬静。他们俩一静一动，很是登对。他们是恋人吧，我这样胡乱地猜想着。

达超在我们中间算是老资格的骑行者，曾经骑行过川西环线。荷花是从沈阳来的背包客，后来知道跟我还算是沈阳师大的校友。

大家围坐在厅里的吧台前，聊着各自的故事。

头上桔黄的灯笼晕出柔和的光，又映在黄色的木板墙上，墙上笼着一团模糊的光影。蓝色印花桌布下垂，一只老狗两眼失神地趴着。

酒瓶已经成空。空空的吧台，三张高脚木椅也是空的。小茶几上喝茶的器具收拾得干干净净，那个自斟自饮的常住客的身影也如蒸汽般消失在空气里。客厅中间的土炉上的大铁壶，独自沉默地等着沸点。香格里拉，这传说中的世外桃源，随着夜色慢慢沉静下来。

有人把从丽江买来的小倩的唱片放进影碟机，虽然有点卡，挡不住的非洲鼓与小倩的《一瞬间》流淌出来——

就在这一瞬间
才发现
你就在我身边
就在这一瞬间
才发现
失去了你的容颜
什么都能忘记
只是你的脸
什么都能改变
就再让我看你一眼

我不由自主地失神，什么都能忘记，只是你的脸……

“香格里拉”是迪庆藏语，意为“心中的日月”，相当于陶渊明笔下的“桃花源”。詹姆斯·希尔顿在其长篇小说《失去的地平线》中，首次描绘了“香格里拉”这个地方，那是个远在东方群山峻岭之中的和平宁静之地。1996年10月，在云南寻找香格里拉的考察启动了。1997年9月，云南省政府在迪庆州府中甸县召开新闻发布会宣布：香格里拉就在迪庆。2001年12月17日，经国务院批准中甸县更名为香格里拉县。

独克宗古城位于香格里拉（中甸），曾经是中国保存的最好、最大的藏民居群，是茶马古道的枢纽。这里是雪域藏乡和滇域民族文化交流的窗口，汉藏友谊的桥梁，滇藏川“大三角”的纽带。这里还有着世界上最大的转金筒。

2014年1月11日凌晨1点30分左右，独克宗古城发生大火，起火原因不明。古城的三分之一都被烧毁，其烧毁的都是较繁荣地带，如四方街等。

骑行第6天。香格里拉——尼西——奔子栏——东竹林垭口——东竹林村——书松。

书松，躁起来

骑行中每天都有不同的感觉，骑到当天的目的地后会把这一天的经历记录下来。有时累到拿不动笔。体力虽透支，心却日感丰盈。

今天的行程是从香格里拉到书松，全程110公里，路经纳帕海、奔子栏、白马雪山牌坊，最后在书松留宿。因为行程长，上坡多，所以定好了早晨5点半的闹钟。

清晨手机铃声按时响起。睁开惺忪的睡眼，看到哥几个都没有动，又困倦地闭上眼。我昨天睡得晚，再加上有些感冒，实在不愿动弹了。刚眯了会儿，听见有人敲门，才勉强爬起来开门。原来是荷花，她说该出发了。那柔和光线下的荷花很美，我迷迷糊糊答应一声，把哥几个也叫醒。

7点钟悄悄走出了融聚客栈。古城还在酣睡，空气清冷。

打着哈欠，缓缓地出发了。

这就是纳帕海吧。很久就听说这是一个很美的地方。湖水平静，倒映着她周围的青山蓝天白云。只有在南方才会有的湖泊出现在草原上，这让我觉得很奇怪，况且是这么大一片湖水。

湖水一直跟着我们上坡，缓缓绵延10公里。最累的就是这种坡，不紧不慢地抬升，一点一点地将你的体力抽干。“小马达”在路边休息，我从他的单车旁边经过，连拐弯的力气也没有了，两个驮包相碰，我歪歪斜斜地倒下，他的单车一头栽进了路边的排水沟。

幸好没有摔坏。

上到山顶就是一路下坡。一气冲到尼西，面临一个岔口。等着大家凑齐，以防走散。一位穿羽绒服骑摩托车的大叔从后面过来，也在这里休息。聊了会儿天，才知道他是打算骑摩托进藏，共同的目标让我们互感亲切。

又是上坡，这个坡比前面那个还要长。金沙江越来越远，白云越来越近。群山雄伟，含烟吐翠，终于到了第二个山头。回首自己走过的路，忘记了过程中的短短长长，曲曲折折，只剩下心满意足。

爬得越高，下坡路越陡。这下坡路也是绕着山走，路边的护栏东倒西歪，有的地方直接断掉，有的干脆没有，敞着下去就是悬崖，悬崖下面可见汽车的残骸。点着刹车，控制着速度，尤其是转弯之处，不敢忘形。

下坡到香格里拉大峡谷巴拉格宗景区的宣传壁画前，听着金沙江的流水声吃完了我们的午餐。

山中温差较大。骑到山的这边，温度高起来，空气干燥，口舌冒

火。路边正好有个卖西瓜的大姐。大姐再次印证了高手在民间，只见手起刀落，只听“咔嚓咔嚓”，一般大小的六块西瓜整整齐齐，一字排开。几个骑友也坐成一排，比赛吃西瓜。真是要惹路人围观了。

下午的骑行很累。以后的骑行几乎都是这样，上午是我精神体力最好的时候，下午再骑，身体就跟掏空了一般，有些力不从心。

骑过了奔子栏，海拔2100米。

出奔子栏到书松这一段，攻略说有15公里的缓上坡，又是骑到筋疲力尽，终于到了书松。此时，已是下午4点钟。

没想到后面会有一段烂路，歪歪扭扭差点摔在烂泥里，车子、驮包、衣服溅满了泥点。更让人无语的是，这段路绝对不止8公里。崩溃更兼下雨，攻略上的起伏8公里啊！让我疲惫不堪的书松啊！

这一天躁起来！

达超和三知提前在前面找住处，我在后面等魏涛。这家伙咳嗽好了，膝盖却一直不给力。

雨还没有下大前我们住进了路边新开的一家客栈——滇藏驿栈。门前路上虽然全是烂泥，但住宿费便宜到只要十块钱，这是我们整个骑行中住的最便宜的一家客栈。

这是一家新开的藏式客栈。一楼大厅是放单车的地方，新墙上已有了前面骑友的涂鸦。这里跟小中甸珍珠卓玛家的房子不同，这座三层楼的客栈里面呈天井型，一楼大厅的天花板直通到房顶，整个房子显得特别敞亮。木梯侧开一边，沿着木梯上去的两层都是客房。室内墙上手绘着藏式的图案，颜色鲜艳，画工精美。

今天全程110公里，翻了两座山，路也多起伏。早上7点出发，晚上6点到达。骑到书松后，我和魏涛筋骨酸疼，饥肠辘辘，爬个木梯双腿都哆嗦。把行李放好，实在没了力气，躺在二楼过道的连铺上，只等着老板娘热乎乎的饭菜来救活。五盘妙手还魂菜，一锅起死回生汤，外加壮骨强筋米饭。我们几个风卷残云，狼吐虎咽。

跟这家的老太太聊天。老太太手拿一串念珠，面容慈祥。问她嘴里念念不停的是什么，听她回答好像是六字大明咒。又摘下手腕上的念珠给她看，说是一个居士送给我的。老太太微笑着用粗糙的手摸了摸，又耐心教我如何掐珠。跟她聊天内心平静，倒是一种超脱的享受。

雨中又来了一支骑行队伍，个个狼狈不堪。队伍中还有个女生，女生虽一脸疲惫，头发打成了绺，但眼神很是透亮清澈。看得出她内心是喜欢这段旅程的。跟着一帮男爷们儿混，女生也无法娇气地把自已当女人。能来骑这条路，已属不易。

这个世界上，总是有人为各种缘由旅行，有人为工作，有人为家人，有人为虔诚的信仰，有人为疯狂的梦想。身体或灵魂总有一个在路上，每一场旅行最终都是想让自己活得丰盛。

骑行第7天。书松——白马雪山——德钦——飞来寺。92km。

白马，骑到崩溃

回想这20多天的骑行，如果说哪段路最让我崩溃的话，从书松过白马雪山这段绝对榜上有名。

看过攻略，知道今天的行程将是十分辛苦的，全程90多公里，上坡就占了48公里。海拔将由书松的2910米提升到白马的4300米。白马雪山有三个垭口，最后一个垭口海拔4380米。

出门就是上坡，下过雨的烂路被大车压出深深的车辙。天空还在飘着小雨，稀稀拉拉下了一夜了，丝毫没有要停的意思。这就是云南的雨季。

雨季也有雨季的美。这雨后的青山被洗刷得格外青翠。山中何所有？岭上多白云。从山腰处就飘飘忽忽生出了薄薄的白雾，细看却找不到白雾的根在哪。袅袅地游走，像群白色的幽灵，遮住了山峰，遮住了道路。这群白色的幽灵又聚集成天上的白云，挡住了蓝天和阳光。

路的下面就是悬崖。泥石流滚过的地方，将青山划出了一道道光秃秃的口子。车轮在烂泥中打着滑，烂泥甩满车梁。骑得太慢容易摔倒，想骑快，黄泥的粘性又增大了地面的摩擦力。小心翼翼地骑出这片十几公里的烂泥，雨越下越大，停车把雨衣披在身上继续爬坡。

和庆虎骑过214国道1927的路碑，各摆了个很二的pose。达超状态比昨天好些了，在路上呈小S型来回摆动。从宝山认识他就开始感冒，在香格里拉的融聚客栈又睡的是沙发，也就仗着年轻恢复得快。魏涛落在后面，小马达早就窜得没影。

这一路的上坡，植被都变了模样。路边崖下的这些松树坠满了松萝。松萝这东西只有环境特别好的地方才生长，环境稍微变差就会死翘翘。

雨下得太大，身上湿冷，边骑边找地方避雨。路边有用木头搭建的低矮小屋，可能是放牛人临时休息的地方。全身冷透。屋里面到处

是木柴，却找不到干的。点着烟盒纸，从小屋里拾了几块碎的木片堆在一起。火没生出来多少，烟倒多的是，呛得直掉眼泪。等着魏涛赶上来。看看雨不想停，我们却得走了。已经过了中午，白马的第一个垭口还没上去。

下午1点钟才骑到第一个垭口。垭口并没有什么标志性的经幡悬挂。稍作停留，继续奔第二个垭口。一段小下坡，很快又看到第三个垭口，远远看到前面尼玛堆上飞舞的五彩经幡和白色的哈达。

这是我们爬上的第一座有名字的雪山，也是第一座有海拔标志的大山，白马雪山海拔标志是4292米。激动地拍照留念。后来看到当时的照片，才发现自己的脸和嘴唇都冻得发了白。

刚想下山，突然大雨如注。有些猴急的骑友冒雨下山，我们赶紧推车钻进一家藏民的木屋，随后又钻进几个骑友。女主人也没说什么，生起炉子。锅里烧着水。摘下手套，看着木柴在锅底烧得噼啪直响。红红的火焰温暖了围坐在火炉边的陌生人。

白马雪山位于云南省德钦县境内，面积190144公顷，1983年经云南省人民政府批准建立，1988年晋升为国家级保护区。主要保护的森林类型有寒温性针叶林、寒温性阔叶林、温凉性针叶林、温凉性阔叶林、暖性针叶林和暖性阔叶林。

此外，白马雪山茂密的山地森林环境给野生动物栖息提供了最佳场所。尤其是兽类和鸟类的野生种类，更是它们生息和繁衍的天堂。保护区内的野生哺乳类动物已知有9目，24种，69属，98种。由于保护区内峡谷相对高差一般均在3000米以上，因此，在不同海拔高度上形成了非常明显的自然植被的景观垂直带，随之野生动物因环境的变化，也形成了明显的垂直分布。此处是我国特有的动物栖息繁衍的理想之地。

大雾弥漫。打开前后车灯，穿行雾中。

整片山被团团围住，路也被堵了个严实。雾浓，却极干净，不同与大城市里的霾，可以放心地呼吸。雾太厚，前方能见度不足10米。雾在前方，骑过去就像是要撞到白色的墙上一样。撞开了前面的雾，后面的马上合拢，人与车俱淹没在这片迷雾之中。

车行下坡，雾淡了些。车轮带出风，风带着雾，雾在脚下打着旋追着我跑，四周茫茫飘飘，恍然腾云于莲台仙境之中。

因为大雾，下坡的路况虽好也不敢造次，加上路滑，必须降低了速度倾斜着身体，以防不测。路边就是悬崖，一旦冲下去，定会粉身碎骨。

向路边的藏民问了问去德钦的路还有多远，又闲聊几句，在他们的微笑中继续前行。

这一路上遇到的藏民都爱笑，很热情，“扎西德勒”“加油”听了一路。

再冲下时看到雾中有一路牌，上面指示着前方是梅里雪山。《转山》里李晓川三年都是因为大雾而未能得见梅里真颜。今天的大雾甚

于晓川所遭遇，我没奢望能看到梅里雪山。

又是一路的上坡，也不用赶时间，边骑边欣赏着雾中的美景。一辆面包车从后面开过来，上面倒竖着几辆单车。瞅瞅他们的轻松，回看自己的狼狈，虽然过白马时骑到崩溃的边缘但还是坚持了下来，汗流浃背中不禁生出几分得意。

拐过一个弯，突然看到前面大雾之中露出几座深蓝色的山尖，还夹着几许白色。心头顿时一凛，脑海一下闪现“梅里雪山”的字条，口中随即一声尖叫地喊出。赶紧停下车，心怦怦直跳。奇怪，我为什么会心跳不止呢？

眼前的梅里雪山被右边的山遮去大半，没有被遮住的部分因着白雾飘动时隐时现。片刻，聚集的大雾再次将雪山遮住。使劲踩着单车，往前寻找下一个观看点。深蓝色的山尖一露出来就停车，边看边拍照。激动的心情就像在追逐梦里披着轻纱的美人。

云在时聚时散中慢慢变淡，雪山越来越清晰，露出的山峰也越来越多。

片刻，云就像拉开了大幕一般，梅里十三峰在我面前一点一点掀开了她的真颜。真得感谢这场大雨，将空气洗得干干净净，眼前的一切变得透明清晰，仿佛触手可及。黛蓝色的山峰像是用纯蓝墨水泼过一般，与脚下的山截然不同，像是从这群山中超拔出来。突兀吗？不。完全出于自然之手，并不显得突兀。

梅里十三峰，峰峰连绵。大多数山峰峥嵘，也有的呈光滑的马鞍状。连绵的山峰上罩着灰白的华盖，腰上翻滚着洁白的玉带。山坳间一道道的白是常年不化的冰雪，如冰冻住的银河，将壮美的雪山显出一层瑰丽的色彩。

云在飘动，雪山俯览着大地。云的飘动将雪山的安静显得愈加沉稳，沉稳的雪山又将云的飘动显得那样虚无飘渺。没人敢开口说话。四周安宁，空灵。

相看两不厌，唯有梅里雪山。

你若问我此时最想做什么？我最想把我的快乐分享给心爱的人。

梅里雪山位于云南省迪庆藏族自治州德钦县西边约20千米的横断山脉中段，怒江与澜沧江之间，主峰卡瓦格博海拔高达6740米，是云南的第一高峰。卡瓦格博至今仍是人类未能征服的“处女峰”，也是唯一一座因文化保护而禁止攀登的高峰。

其中线条优美的面茨姆峰，意为大海神女，位于卡瓦格博峰南侧。传说中，此峰是卡瓦格博峰之妻。卡瓦格博随格萨尔王远征恶罗海国，恶罗海国想蒙蔽他们，将面茨姆假意许配给卡瓦格博，不料卡瓦格博与面茨姆互相倾心，永不分离。又有人传说面茨姆为玉龙雪山之女，虽为卡瓦格博之妻，却心念家乡，面向家乡。雪峰总有云雾缭绕，人们称其为面茨姆含羞而罩的面纱。

三知刚打来电话说他已在飞来寺和荷花找好住处，达超又打来说他已在德钦等着我们过去吃饭。

从观景台下坡8公里来到德钦小镇。远远看到几辆单车横躺地上，是达超。就着啤酒花生米吃了碗不太熟的面。魏涛也赶上来了，大家谈着看到的梅里雪山。《转山》里李晓川三年没看到的梅里雪山，竟让我们看了个分明，而且还是在一场大雨后，都感慨难得，真是难得。

吃完晚饭，体力已有所恢复，起身赶路。

此去飞来寺有10多公里，虽说是上坡，比起前面算是小case。这时的天还不是太黑，雨又开始像个老太婆一样絮絮叨叨起来。下雨的傍晚天黑得格外快，这段上坡没骑出多久，天即黑透。打开车前灯，发现只有达超的亮度可以照明，我们几个豆大点的光根本不顶事。越骑路况越差，越骑雨下得越大。

这样的夜晚不放心让魏涛一个人在后面，于是我们几人第一次近距离地骑行在了一起。以前几乎是各走各的，彼此拉的距离比较大。就是我和魏涛两个人时也是距离很远，一般只在当日的驻点才会合。今天情况特殊，盲人骑瞎马又是夜半临悬崖的，不敢有个好歹，我们必须一起到飞来寺。

这段路坑坑洼洼，大坑连小坑，坑坑灌满水。这样的夜晚，几个人风雨中默默前行，各参心事。

车把摆动，躲避着大水坑。小水坑多得无法避免，就横下心来骑过去。雨噼里啪啦地打在头盔和雨衣上，雨水又顺着头盔的缝隙灌进雨衣。身上是狼狈的，心却是坚定的。手电筒的光柱虽然晃来晃去，却执着地照着前行的路。

怕什么艰难？路再难，我们要一起骑过；夜再黑，有我为你照明。跋涉在这样的雨夜，看看周围这几个骑友，心中油然生出一种相互搀扶的感觉。这种感觉驱散了寒冷，赶走了疲倦，很温暖，很有力量。是什么样的缘分，让我们哥几个共走这段风雨交加的夜路！

好在最担心的爆胎没有出现。再往前行路况就好了，雨也小了。达超的手电照射到前方的一个路牌：飞来寺风景区。

又骑过一段黑路，前面灯火辉煌，温暖的光照破寒冷的夜。

将近10点，我们与三知、荷花会合，入住了梅里缘酒家。

飞来寺休整一天。

飞来寺的那盏酥油灯

有了梅里雪山，此处客栈生意十分红火。

我们入住的梅里缘客栈，一到饭点老板一家人就忙得不可开交。我们的菜早就点好了，一直还没做。因为跟店主比较熟，也没去催，让他们先去招呼别的客人。魏涛坐等，我在吧台里上网。

进来了几个骑友，看我在吧台里，以为我是老板，就问我有没有住处。我连说有有有，来住吧。没办法，就是忍不住乐于助人。

正吃着，进来一个黑胡子的年轻老外和一个高挑的中国美女。看看没有地方坐，就跟我们一起坐。我继续吃着瓜子上着网，魏涛跟他们聊了起来。

他们的菜先于我们上来了。也不知魏涛跟人家聊的啥，喊我说一块吃。老外也在那呜啦呜啦地喊，跟他一起的那位中国女子解释他的意思是一块吃。不好意思去蹭国际友人的饭菜，可是肚子也实在饿了，假装推辞了一下就坐了过去。

那个老外名叫杰克，来自墨西哥。那位中国女子叫金月亮。两人都是复旦大学的学生，趁着暑假出来做背包客。他们明天打算去雨崩，这是第一次听到“雨崩”这个名字。

杰克不会说别的中文，只会很热情招呼我们“吃吃吃”。刚开始还不好意思，不过一会我们的菜也上来了，他们的以肉为主，我们的以菜为主，荤素搭配，这饮食健康均衡。

杰克的中文实在不好，不过好客得很，还学会了指着酒杯说“喝酒喝酒”。

吃饱喝足，杰克非要去结账，礼让到最后的结果是白吃了一顿饭。

睡过一觉后那种疲乏才暗暗袭了上来。早上浑身无力，双腿发酸。呼吸很短，鼻息很重。想爬起来，眼皮沉重，一种从未有过的疲倦让我重新重重地摔在床上。身体不自觉猛然抽搐了一下，后背发凉，双臂彻骨的寒。

小马达过来聊天，约好中午一起吃饭。

起床后把衣服洗净晾在楼顶的阳台上。梅里雪山在阳台对面忽隐忽现，已大不如昨天傍晚看得真切。

天色已转好。飞来寺在一公里之外，步行前去朝拜。

路旁山下有座寺院。路边立一小牌：那卡扎西寺。从没听过这个名，看下面这座小寺院也不远，到了寺前看到殿上挂着的牌子才知道那卡扎西就是飞来寺。

“那卡扎西”是飞来寺的藏名，意为“空行九吾”，相传曾有一尊释迦牟尼佛像从藏地飞来，故在此地建庙并命名为“飞来寺”。

飞来寺规模很小，小到上点规模的只有一座主殿，一座转经筒殿。主殿也不大，一进门里面黑洞洞的。变了变眼，发现点着几盏酥油灯，墙上的彩画也看不清楚。再进一层时门上上着把铁锁。管理这座殿的是位藏族老太太，她手掐念珠，眼帘下垂，气定神闲地转经，走过来说如果点酥油灯可以进去看看。

老太太打开门。里面也不大，供桌上供着几盏明亮的酥油灯，摇曳着黄色的火焰。我也把这盏酥油灯点上，双手捧着，供奉到我至今也想不起来是哪尊佛菩萨的面前。

灯光明亮柔和，散发着淡淡的酥油香味。

佛经上讲，在佛前供灯有十种功德。我没希求这些福报，只是点起自己的一种寄托，把心中最美好的祝福供奉在这吉祥的飞来寺。

“绣峰大地竞相照，高洁精神在其间”，这是挂在大殿外面的一副对联。古铜色的转经筒围绕大殿一圈，还有一位藏族大叔，快步绕着大殿，口中急促地念着经文。

坐在飞来寺门前的台阶上，眼前开阔。正对着巍峨的山脉，山上白云变幻。天是纯净的蓝，风马是飞扬的五彩。凉风吹却日光的灿烂，心中飞出一只孤雁。

昨天早上因为太累，没起来看日出，今天再不看就不知哪年才能看上。闹钟一响，挣扎了一下，好奇心最终战胜了热被窝，打着哈欠穿上衣服。

说好6点半日出，当我爬到楼顶时，太阳还没出来，看日出的人出来不少。

一层梦幻般的白云浮在雪山和我们面前，对面的梅里雪山在云海中只露出了几个高大的尖峰，那卡瓦格博峰也时隐时现。

雪山有白色的大厚被子盖着，我却冻得直抖。跑到房间把被子裹上，这下可以耐心地看着那雪山一点点变成金色。

主要是看主峰卡瓦格博。卡瓦格博，藏语意为“白雪之峰”，自古以来受到藏民的崇拜，被列为藏区八大神山之首。海拔6740米，是云南第一高峰，也是全世界公认的最美丽的雪山，被誉为

“雪山之神”。

卡瓦格博上的雪因反射了东升的太阳，雪山正由洁白开始逐渐变黄，这个过程就跟电镀一样。金粉一层层地涂抹，颜色一层层地加深。几分钟的时间，冰清玉洁的雪山已换成一身金装。不是宣传画中那种金黄金黄，而是一种比较淡的金色，闪闪发光。其他比较低矮的山峰被云层遮挡，主峰卡瓦格博一山独秀。那种金光四射的气势，如同大罗金仙般端坐云霄。

美不会让你窒息，只会让你屏住呼吸。这日照金山比起那白天看到的雪山多了份奇幻与难得。看到了梅里十三峰，又看到了日照金山。心满意足！

骑行第8天。飞来寺——盐井。107km。

《转山》里的藏界碑

出门就是下坡，30公里的连续下坡真叫过瘾。过阿东乡后又是20多公里的起伏路，过了瘾后的那个累。下坡下得手冷，上坡上得腿疼。

蒙着脸，戴着墨镜，整得跟群“恐怖分子”一样，沿着澜沧江向西藏挺进，到了中午就挺不住了。佛山寻到一川菜馆，点了一桌子菜，再每人来一罐大理啤酒，这啤酒是为进藏的庆祝做准备。

饭毕，漫漫山路，幽幽向前。

浊红浊红的澜沧江水。

三知、达超跑在前面，魏涛殿后，我在中间。攻略上说滇藏分界

线在214线1760路碑处，从1766处，我们就减慢速度开始倒记时。我们要看着路碑100米、100米的把我们带进西藏。

江水无声流缓，单车上下起伏，一圈一圈平静地向着西藏转动。汗水慢慢干成了白色的盐结晶，包里的糖吃完了最后一块。

从22号开始，1公里1公里累加着，一直累加到今天的7月30号，终于要出滇进藏了。这次单车走滇藏不知将来还有没有机会再来，这最后的6公里一定要慢慢地留恋。

路向前慢慢延伸，江水向身后缓缓流淌。看不见的看见了，看见的随之过完，只有影子一言不发不离不弃地跟随。

7月30日下午4点50分，单车骑过了滇藏界碑。

只有一块界碑，没有看到书豪一步迈过的那块。

看过不止一遍《转山》，电影中张书豪郑重地跨入西藏界，地上激起的尘土以及所配的如击鼓般的重重的脚步声每次看都能激起我内心的激动。但当我骑到这里时，怦怦心跳。摆了一系列很二的动作在界碑旁拍照。

啤酒放在从山上来的溪水里冰过，灌几口，透心凉。在前辈涂鸦的地方继续涂鸦，写下一串串的名字和一行行的祝福。手机一点信号也没有，短信发不出去，无法与远方分享进藏的消息，我们几个最终以赤裸上身的方式来向镜头坦白。我那一条条突出的肋骨，真对得起这上半场的壮烈的骑行。

继续爬坡，最后的8公里是到盐井。体力耗尽，骑得很慢。

盐井地处西藏自治区东南端，位于横断山区澜沧江东岸芒康县和德钦县之间，平均海拔2400米左右。

盐井历史上是吐蕃通往南诏的要道，也是滇茶运往西藏的必经之路。盐井盐田这道人文景观现在是“茶马古道”上唯一存活的人工原始晒盐风景线，盐井也是一个在西藏迄今唯一有天主教教堂和信徒的地方。纳西族和藏族的本土文化、纳西族的东巴教、藏族的藏传佛教和19世纪传入的天主教文化，和谐地共存在这个横断山的峡谷古镇中。

骑行第9天。盐井——芒康——拉乌山——竹卡大桥——如美。160km。

孤独是只啮齿动物

三知哥儿几个急着回家，想搭过芒康到吾宗。我跟魏涛合计了一下，决定跟他们一块，这样可以节省一天的时间。只有达超一人，继续骑行。

坐在这机动的车上的确让人激动，是比骑车舒服多了，还不用睁着眼爬坡，闭上眼睛装睡就行。看到达超在后面狂奔，与其他几个人打趣，暗暗欢喜。随即又想，单车虽慢，却也是脚踏实地地完成自己的旅程。如今坐在这巴车上，脚是悬空的，心也是悬空的。

群山巍峨，汽车一个个如火柴盒般大小，爬行在曲折的羊肠小路。片片青稞梯田的褶皱如同老人的肚皮。还有那油菜花，金黄金黄，正是疯长的季节。

中午11点，车进芒康。

芒康虽说是318国道上一个很小的县城，却是滇藏线和川藏南线汇合的地方。

骑友多起来。

三知、庆虎他们打算住下，明天坐车到左贡。后来他们又一气搭车到了然乌。我和魏涛打算吃过午饭后直接骑往如美。

芒康的大街上有全副武装的特警在巡逻。第一次看到全副武装的特警，有安全感的同时也觉得气氛过于凝重。魏涛修了修车子，补了补驮包，一同去吃了碗面。又是辣面，辣得心里恼火。吃面时遇到了几个大学生。

总有些孩子在周围转来转去。修车时三知的码表丢了，我的也差一点被偷。三知看到有人鬼鬼祟祟，便呵斥一声，才保住了我的码表。

芒康的气氛不对头，魏涛也有同样的感觉。也许是我们多想了，但总觉得这里有股紧张不太友好的气场。吃过饭后，赶紧上车逃离。

芒康，藏语意为“善妙地域”。主要旅游景点以茶马古道为主线，上盐井境内有被当地人称为文成公主的吐蕃时期摩崖雕塑，有古井田、天主教堂、雪山、大峡谷、曲孜卡温泉休闲中心、芒康滇金丝猴自然保护区、莽错风景区和尼果寺等。尼果寺为县内主要寺庙。曲孜卡乡境内有大小温泉近百眼，其流量大小和温度不同，最高温度可达70℃。

西藏素有“歌舞的海洋”之称，芒康的弦子舞又是西藏民族文化花团锦簇中的奇葩，其主要特点为：男性拉着牛角胡琴领舞，女性随着琴声的节奏挥动长袖，翩翩起舞。舞蹈的人围成一圈，踏着节拍，激情高歌，边唱边舞。先是轻歌曼舞，其后逐渐加快节奏，最后推向快节奏的高潮便结束一曲弦子。

出了芒康安检就是一路上坡。路面是大大小小的石头堆成，石头是红的，土也是红的。大车来来回回，颠三倒四，扬起半天落不下的滚滚红尘。红尘，红尘，如果红尘是这样迷眼，我甘愿背生双翼，做一只高飞云霄的青鸾。

无法骑时就推着车上，盘旋的山路仿佛越走越长。绝望的魏涛想搭车，但又不想就此放弃。

风有点凉，太阳有些刺眼。绿草凄凄，远山连绵，心头的那种孤独又悄无声息地侵袭上来。孤独是有形的，像是一只大壁虎，四爪冰冷，从我后背慢慢向上爬，爬过脖子，爬上眉头，尾巴一盘，在眉间结成一个大大的死结。风也吹不散，汗也带不走的死结。

男人嘛，总有那么几天非常的烦躁不安。从昨天开始，我陷入这种叫做孤独的情绪当中，无法自拔。这孤独的情绪是与生俱来还是无事生非？捉又捉不住，灭又灭不了。弥漫开来，了无边际；消逝去了，又片羽不留，只是让眉间的那两道竖纹越刻越深。

不知不觉中爬到了拉乌山的垭口。“拉乌山”三个字被骑友篡改成了“拉乌山”，海拔也由4360米提升成4960米。垭口堆着拍扁的空

饮料瓶，五彩经幡拉动，经幡上落满了红土，山的背后一座巨大的灰色云团腾腾而上。

从拉乌山下来有一段新修的柏油路，放开了速度往下冲。接下来是一段奇烂无比的下坡，颠得我的头盔也戴不住，头盔推上去掉下来，推上去又掉下来。屁股疼，手也麻了。车子跳起来，避闪着水坑，一会左一会右。再往下又是柏油路，速度瞬间冲过了60，拐弯时差点连人带车甩到路基上，惊出一身冷汗。

天突然下起了雨，好在我已经抵达如美。雨越下越大，此时的魏涛正在骑这段路，不知他会淋成什么鬼样子。

骑行第10天。如美——觉巴山——登巴——吾宗村——荣许兵站。56km。

我会想起你

过了壮美的卢卡大桥就到了如美。傍晚6点20分，入住如美某客栈。

拉条长凳坐在客栈的门口，女主人倒了杯热呼呼的酥油茶。可惜奶味太重，偷偷倒掉。

又是川菜馆，草草扒几口白米饭。魏涛买来瓶山梨酒，一盘带壳炒花生。窗外雨打绿叶，澜沧江在细雨中肆意奔流。我们剥着花生，喝着味如汽水的小酒。

早上出门就开始爬坡。今天路况不错，但对于骑行者来说倒不一定是好事。以前看过一个帖子，说如果川滇藏线修好了就会失去骑行的某些意义。的确，舒舒服服地开车来看风景与像疯子一样地艰难骑行，感觉与意义是完全不同的。不经一番寒彻骨，怎得梅花扑鼻香？

只可惜天公不作美，忽雨忽晴，搞得雨衣无所适从。没骑多久，汗又冒出来了。啃了几口干粮，装模作样地抿了几口从束河跟老穆喝剩下的小酒。突然觉得一个人喝酒也没什么滋味，于是赌气把酒瓶连同剩下的酒一起放在了路边。

爬上第一座山——觉巴山，海拔将近4000米。喘息着，看到达超他们几个从一辆白色的面包车里跳出来。竟然在这遇到他们，非常高兴也非常意外。

下山10多公里再次爬坡约4公里到了今天的第二座大山——登巴山，海拔在3600米左右。山上云雾缭绕，如登海上仙山。下山时手冷，换了副全指手套。沿着盘山路蜿蜒向下，白花花的江水从山间冲泄下来，沸腾状咆哮着，让人背生寒意。

这一路骑行的人虽多，然而散在这群山之中，常常前后不见人。我，单人独骑，骑行在这青山白云构成的一幅巨大图画之中，如同一枚细小的石子投掷在渺茫的时空之中，又如空荡荡的大盒子里飘着的一粒尘埃，你轻吹一口气，就让我彻底消失在风里。

渺小，孤独，人已变得不由自主。

前方横着一座石桥，江水从桥下流过，冲刷着水中的巨石。路边有块长长的水泥护栏，上面留有骑友的手记。有位骑友是这样写的：在这里坐了一个小时，思索着骑行的意义在哪。为什么要来西藏？为什么骑单车来？我曾向骑友们问过这个问题，答法不一。也有人问过我，我无法准确地回答，就像后来朋友让我概括这次骑行的感受，我一时茫然，竟不知用何词汇来表达。也许人生中的许多事是无法一言以蔽之的吧。最初的意义可能在后来有了变化，就像我的这次远行，那些最初的想法慢慢起了变化，看淡的看得更淡，看重的看得更重。

骑行西藏这件事，以及人生中的其他许多事，最好别去急于追问意义在哪，也不要过早的妄下定语，去做，做完了再说。

骑行的意义是什么，我在启程之前还在迷茫，现在的我在这段话的旁边写上：祝福我爱的人。

路边停着单车，两个骑友在那仔细地吃点心，吃相很猥琐。我慢慢地骑过去，肚子咕咕直叫。饿。

过了吾宗村，客栈的广告也多了。雨还在下，又冷又饿。傍晚入住到了朱吉之家。许多骑友也住在了这里，把小小的客栈塞得满满当当。

住处条件很差。找了张靠窗的床，快速把湿衣服湿鞋换下，钻进被窝。暖和了大半个小时，起来把湿衣服晾好，提着鞋、手套去烤火。骑友们围在炉子旁，各个淋成落汤鸡。

单车骑行西藏的一路上难免会孤独，会失落，遇到的困境越多，心也就越来越强大。不需要倾诉，不需要安慰，仅仅是想到你就足以使我抵抗全世界的所有迷惘和悲伤。

雨停了，白天跟着我们跑的那条河就在不远处哗哗作响，挂满露水的青草透着小清新的味道，天上还闪着几颗亮晶晶的小星星。

骑行第11天。荣许兵站——东达山——左贡。60km。

朝圣之路

今天将翻越海拔5008米的东达山，这是川藏线两座海拔超5000米的大山之一。

出门就开始下雨。本以为今天的路况会很差，此时的雨更是雪上加霜。可这一出来才发现并非如此。路是刚修的柏油路，经雨后的路面干净光亮，车轮在这上面摩擦出的嗡嗡声比平时还要悦耳，顿时心情舒畅。

一队磕长头的藏族汉子出现在前。双手高举过头顶，手上两块木板撞击，过额头到膻中，发出清脆的三声响，身口意三合一。双手匍匐向前，五体投地，额头碰触大地。双手撑起，前行几步，继续重复着前面的动作。虔诚、肃穆的表情让我放慢了骑行的速度，生怕打扰了他们。

“加油！”他们喊着。

“加油！”我也为他们呐喊。

这是第一次看到磕长头的人。我们骑行还要十多天才能到达拉萨，他们这个速度不知哪天才能到。想到这又觉得好笑，为什么要考虑速度和时间呢？我们好像太习惯于用时间来计算成效，用金钱来衡量成败；又习惯于用别人的不幸来显示自己的幸福，用自己的意思来揣测别人的意思。

这是自己与自己的对话，我深深地渴望这种对话，特别是在那些月光光的不眠之夜。因为我想活得深刻，但我活得潦倒；我想去追求梦想，但现实让我思前想后；我想找个苟活的理由，但这理由依旧无法说服我自己。灵魂与肉体常常处于一种撕裂状态，魂不守舍，冲突无所不在。这些虔诚的磕长头者，他们污衣着身，然而他们灵肉合一，单纯的目光闪着坚毅，简单的动作生出一朵静定的白莲花。试问，与他们相比，谁比谁潦倒？谁比谁不堪？谁比谁幸福呢？

雨停了，太阳慢慢出来了。地上干干净净，心里却乱七八糟。将雨衣脱下搭在身上，让汗透出来。想不透的人生还要继续骑行下去。

一辆白色的面包车从我身边开过，上面架着几辆二轮朝天的山地车。我也搭过车，但那一刻让我感觉这些两轮朝天的家伙十分刺眼，像是群被俘虏的残兵败将。既然如此不堪一击，当初何必要走上这条路！后面的路我会咬牙坚持下去，不管是风雨交加还是万丈深渊。即便最终被打败，但我至少应该在失败前看清自己到底是如何就范！

这连续27公里的上坡拐来拐去，有时拐过一个弯，空气一下变得生猛，缺氧的感觉也越来越明显。问了问身边路过的骑友，说海拔已

在4500米左右。用Alex教的办法，吸两口呼一口。

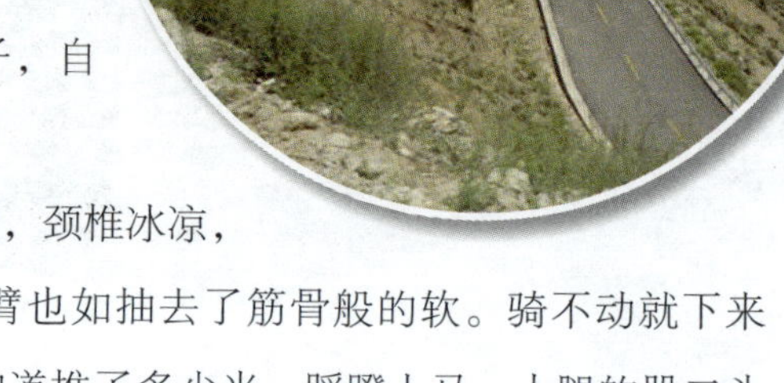

风景倒也不错。一条状如白练的小溪从山上沿着山间的细缝稀哩哗啦地跑下来，看着就让人开心。散落在绿草地上的牦牛像是一枚枚小黑石子，自由地呼吸、奔跑、啃草……

快到垭口了。双腿无力，颈椎冰凉，眼睛睁不开，头晕沉，两臂也如抽去了筋骨般的软。骑不动就下来推，推也要推上去。也不知道推了多少米，踩蹬上马，大腿的股二头肌酸到让我咬牙切齿。

终于看到了垭口的风马经幡。这一路最喜欢看到的就是风马，那是对我一骑来朝的招呼和奖励。想起郑钧的那首《风马》：“无声的祈祷，是经幡在风中飘。如火般的风马，唱诵着解脱的白莲花。如火般的风马，把痛苦欢乐都尽情抛洒。”心情随风马已飞动起来！

下山肯定会冷。浑身打了个寒战，赶紧套上厚裤子再套上雨裤，把裤腿脚用束裤带扎好，向东达山挥挥手，下山。

又是叮叮当当的一段路，跟骑在狂奔的野马上一样，颠得头盔都不安分。下得山来，又开始热。

太阳照在身上懒洋洋的，突然开心起来。找了个宽敞的地方，甩掉鞋子，脱掉袜子。嚼着干粮，啃着咸菜，喝着青稞糊。骑友们一个个骑过去，冲他们举举手中的大饼；自驾车也一辆辆开过去，冲他们挥挥手。看到是山东的车就开心地使劲挥手，有时看到是辆车就眉开眼笑地挥手。司机大多白我一眼，最多按按喇叭敷衍回应。

刚刚那东达山上的埋头苦行化成此时的神采飞扬。上山的痛苦很快忘记，快乐随后就来。想想没有上山的痛苦哪来下山后席地而坐的快乐。骑行的快乐是什么？骑行的快乐就是夸张地看着那些自己爬过的山，再很好意思地赞叹自己一句：哇！我与超人唯一的区别就是把裤衩穿里面了；骑行的快乐就是淋过雨后躺在这里晒太阳，一种吮过苦丁后的甘苦纠结；骑行的快乐就是就着白云吃大饼，然后从容起身，拍拍屁股继续赶路！

人生，也不过如此！

借着开心的劲儿，飞速赶到左贡。刚刚住下，外面又下起了大雨。担心着魏涛，不知他骑到哪了？

同住的也是位骑友，不小心把脸磕破了，抹着紫药水。说是在下

拉乌山时跟队友碰在了一起摔的。

左贡的饭菜很贵。漫无目的地在街上溜达。

一家西安老夫妇开的店。随便吃了点。

肚子最近总是填不饱。

洗澡不方便，身上已有了“藏民味道”……

左贡，藏语意为“犏（耕）牛背”的意思。很早以前，因人们住的地方的地形象犏牛的背，故而得名。左贡的主要景点有东坝民居、帕巴拉神湖、中林卡古墓群、碧土风景区、左贡三大寺等。

其中，东坝民居位于西藏昌都地区左贡县怒江峡谷沿岸的东坝乡境内，有600多年历史。东坝民居的建筑融合了不同民族元素。整个建筑以天井作为组织中心，四周呈封闭状，部分两边倾斜的屋顶铺上了琉璃瓦，屋顶上卧着栩栩如生的双龙雕塑。同时，建筑的内外墙体绘画装饰中有内地常见的仙鹤、花鸟、凤、金蟾等。屋内窗户相比一般藏式建筑要大很多，窗框的装饰雕刻也堪称精美。

骑行第12天。左贡——田妥乡——邦达。110km。

扎西德勒的暖意

早上吃的是西安老夫妇做的热腾腾的包子，有点辣。

沿着山路缓缓骑行，山路之下是漫延的玉曲河。今天的路程虽远，但路况总体不错，没有大的起伏，骑得比较轻松。虽说路并不窄，但还是有出事的，一辆小轿车四轮朝天地栽在河里。

小心为好，昨天下了点雨，路还是有些积水。一位阿姨在前面小心地骑行。身体微胖，一身红装，连头盔、车子也是红的，在路上很是显眼。过去跟她打了个招呼，让她骑慢点，注意路上的水坑。她微笑地答应一声。不知为什么会对她生出一种很亲切的感觉。看她小心翼翼的样子，想陪她多走一段。

我想，也许是在这样广阔无垠的景色下，每个人都变得简单纯

净，心与心彼此靠近了。

看不厌的青山巍巍，道不完的扎西德勒。藏民们狂飙着摩托车，高音喇叭大声放着藏族歌曲，还不忘一路挥着手给我不吝的祝福。

拐了个弯看到一位手摇转经筒的中年妇人在前面踯躅经行。

“扎西德勒。”

“扎西德勒。”她眯着眼冲着我笑，眼角漾起的皱纹向上翘着。

“我要去拉萨。”我大声喊着。

“求佛？”中年妇人还是微笑着。

我举起左手，晃了晃腕上的念珠。

“我去完成一个心愿。”

“祝你好运。”

“谢谢！”

地上的影子拉着我的单车向着拉萨的方向飞去。

昨天下过雨的缘故，今天的天蓝得特别纯净，跟洗过的蓝水晶一般，透着一股子极乐世界的清澈。云就静静地停在空中。天是不动的天，山是肃穆的山。风也落地，四周寂寂，你会以为时间在这里是凝住的。就连河水的流动，车轮的转动，也无法打破她的静谧。内心可以安定了，一切已安。

跑出这片宁静，油菜花正开得正盛。一片明亮的黄，惊破了一山的寂寞。但不管怎么跑，云始终静静地跟在我的身后，等在我前方。

前方的山突然变了模样。青色的山顶长出了灰色的石林。这是怎么个情况？一点过渡也没有，好神奇。大自然，这世上除了女人，还有什么比你更不可琢磨？

车过克色村，一团乌云飘过来，顷刻之间雨就砸了下来。正好旁边有个小卖部，躲在房檐底下避雨。小卖部飘出热烘烘的藏族味道，我已经习惯了这种味道。对面一座白塔，金顶金佛龛。问了问当地的人，据说里面供奉的是本师释迦牟尼佛的塑像。

雨停，继续前行。将近4点骑到了邦达小镇。

傍晚，乌云四合，一股妖风从地上拔起，转了个圈，嗖嗖直往怀里钻。头开始一阵阵疼起来，感冒了。浑身又冷又饿，心中也跟着烦躁不安起来。

邦达海拔4300米，是川藏南线和北线的交汇点。这里曾是过去著名的“茶马古道”必经之地，有一条岔路往北可到川藏北线的昌都。怒江支流玉曲上游蜿蜒流淌其中，两岸广阔的低湿滩地上生长着茂密低矮的大蒿草、苔草之类的草甸植物，绿茵如毡，除成群牛羊在那里游荡觅食外，偶尔也会有一些藏原羚出没于其间。

去邦达就是去看大草原。至于邦达大草原有多大，不好说，因为它地跨五六个县，很多地方根本就没有人烟。据说，它大到连飞鸟都飞不出它的边际，马帮们把它叫作500里长草坝。

骑行第13天。邦达——业拉山—— 72拐——怒江——八宿。97km。

死亡公路

14公里的上坡，出了邦达镇就开始爬。

但越往上越冷，风无孔不入。把所有家当穿上，速干衣、抓绒衣扎在腰里，披上冲锋衣，塞块糖到嘴里，然后被一个骑友一个骑友无情地超过。

一对穿情侣装的骑友，时而在我前面时而在我后面。男生负担着大部分的行李，始终控制着速度慢慢地跟在女生的后面。停下时就大秀甜蜜，作为路人的我很心塞。男生一会递过水，一会用纸巾给女生擦拭头上的汗。女生则抻着手很安心地享受着男生的照顾，时而向男生小声抱怨几句。两人共走这段以梦为马的时光，难得志趣相投又一路相拥，虽苦但苦得幸福。

叶嘉莹先生曾说过，天下最美好的事情，是把你的感情投注给一个与你有相同理想的知音。然而这世上，知音难遇而且非常脆弱。祝愿他们能在以后的日子里也能活出精彩活得幸福。

仿佛从阳光下的明亮骑进了黄昏。一个人经历过忧愁患难，人变得沉稳耐心起来。众骑友埋头前行，不久就已骑到了业拉山的垭口。14公里的上坡，只用了一个半小时，比较轻松。

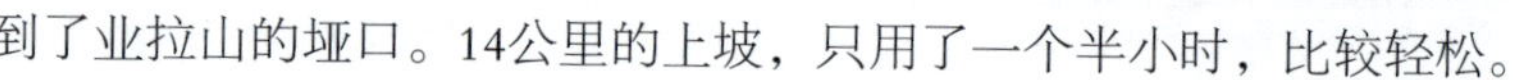

爬上这么高的山，接下来的下山就超爽了。放开速度，直往下冲，前面就是著名的72拐。

转过弯，72拐“嘭”的一声横在了眼前。72拐的出现是有声音的，就像Party前打开的第一瓶香槟，带着期盼已久、迫不及待的心情。今天的能见度很高，多次从网上看到的72拐清清楚楚展现在我的

面前。很惊讶这山路还能这样修，不是围着山绕来绕去的盘上路，而是在山的一面像抖绳子一样从山顶抖到山底。今天这72拐，赤裸裸将接下来要下的坡全给你亮在了这里。

72拐号称中国十大死亡公路之一。坡长足有20公里，弯多且急。听说前几天有个小伙子的车下去了，好在人没下去；有个姑娘从这摔下去再也没上来。前辈骑友也提醒在这要先检查检查车况，下山时要放慢速度，因为一不小心就会冲入万丈深渊！

速度不敢放得太快，超过40就点点刹车。这是下坡，回过头来想想，如果反骑会是什么效果？这一对比，大脑就被自己骗了，心里又莫名的幸福了。

车轮狂转，风声猎猎。那轮组破风的声音真是悦耳动听。上完一段坡就是一个急转弯，急转弯的外面就是悬崖。整段路一直提心掉胆，陡然冒出一身冷汗。

骑友们距离拉得比较远，没人敢大意，超车时更是小心谨慎。下完这20公里的72拐到了同尼村。稍稍休息，接着又是20多公里的长下坡。路上一个人也没有，也没有任何声息，只有自己的车子呼呼往前冲。

打开手机上的藏乐，庄严的颂经声在这群山之中回响，心中寂静安祥。“愿以此功德，庄严佛净土，上报四重恩，下济三途苦。若有见闻者，悉发菩提心，尽此一报身，同生极乐国”，随后，低沉的“南无阿弥陀佛”唱念声缓缓升起，恍若来自遥远天边的声音对人心轻轻抚慰。

突然，鼻子阵阵发酸，眼泪哗哗直流，悲欣交集中模糊了眼前的一切。将车停靠在护栏边，任泪水恣意流淌。人是会这样的吧，不知道什么时候什么东西突然就把你触动。想必是有百千烦恼万般无奈不时搅动着我，想安定却无法安定，梦中百转千回，陷入孤独无明不可自拔。求，求不得；放，放不下；拾，拾不起来。

也许我的流泪也是在叩问红尘：茫茫人生，乡关何处?

继续骑行，来到了一个完全不同的大火焚烧过的世界。

山上几乎寸草不生，灰黄的山石，风化成的细沙。有些岩石上还刻着藏文的六字大明咒，更多的是雨水冲刷出的沟沟壑壑。这些沟沟壑壑很不牢固，仿佛随时都会坍塌。好在四周的群山还是坚固、高耸，在蓝天白云的衬托下更见崔巍和苍茫。

山谷是浑黄的怒江，从有这山以来就开始流淌。对着怒江的是一座座的尼玛堆，大大小小，高高低低。这么多的尼玛堆堆集成阵，与怒江相对，与高山相显。这里阳光普照，空气中弥漫出一种肃穆、庄严的气氛。

每座尼玛堆都有一份美好的祝愿垒在其中。我捡了七块，从底层开始垒，一层层叠上去，最上面的是块腰间有条白线的红色石头。把我的祝福与愿望垒在这里，让这座尼玛堆对着亘古流传的怒江，静静地等候下一次的到来，但愿那时我是带着实现了的愿望来到这里。

宁静，肃穆，庄严是我看到尼玛堆的感受。在西藏，无论河边还是路口，只要有尼玛堆的地方，这种气氛就凝聚在了那里。尼玛堆的形象就是一种符号，发端于人们心中各种神圣而复杂的情感，所以它们不只是一些普通的石头，而是人们心中的坚定的信仰和决心。

记得有次爬博山的西厢，看到山顶的乱石，想起西藏堆起的尼玛堆，试着又堆起了一座，那种宁静，肃穆，庄严的感觉荡然无存。只是走远了，回头望时，才看到枯黄的野草上的这座石堆在烈烈风中有那么一点点异样。原来，不是任何一个石堆都叫尼玛堆，尼玛堆只属于西藏这片有灵性的土地。

在西藏各地的山间、路口、湖边、江畔，几乎都可以看到一座座以石块和石板垒成的石堆，这些石堆就是尼玛堆，也被称为“神堆”，藏语称“朵帮”，就是垒起来的石头之意。“朵帮”又分为两种类型：“阻秽禳灾朵帮”和“镇邪朵帮”。“阻秽禳灾朵帮”大都设在村头寨尾，石堆庞大，而且下大上小呈阶梯状垒砌，石堆内藏有阻止秽恶、禳除灾难、祈祷祥和的经文，并有五谷杂粮、金银珠宝及枪支刀矛。

尼玛堆的石块、石板或卵石上大都刻有文字、图像。内容多是藏传佛教的经文、佛尊、动物保护神、六字真言及各种吉祥图案等。每颗石子都凝结信徒们发自内心的祈愿。每逢吉日良辰，人们一边煨桑，一边往尼玛堆上添加石子，并虔诚地用额头碰它，口中默诵祈祷词，然后丢向石堆。日久天长，一座座尼玛堆拔地而起，愈垒愈高，便成为一种独特的民族信仰的象征。

吃过午饭，沿着318国道继续前行。

穿过怒江明洞，路边有座废弃的房子。门窗已经坏掉，墙上净是涂鸦。一只老狗躺在墙根懒洋洋地乘着凉。

怒江大桥横跨大河之上。一头锁住了河的这边，一头插进河对面的巨石。夹岸高山对峙，桥下大河横流。雄关漫道，一桥封喉。

过了怒江大桥，进入飞石区。这段路是从石头中硬生生地凿出来的。那刀辟斧剁的痕迹还在。犬牙交错，里凸外鼓，仿佛一只猛虎张着大口逼视着过往之人。山上沙石混合，这种岩石最容易松动。通过时不时有小石子从山上滚落，江里的大石头也是从山而降。

还有将近40公里，海拔又开始缓慢抬升。终于骑到了八宿，又累

又饿，一头栽进“骑友驴友之家”客栈。老板给做了一大碗热面，上面还铺着个煎鸡蛋。连汤带水吃了个底朝天，估计当年朱元璋喝那碗珍珠翡翠白玉汤的感觉跟我今天一样。趁着大好的太阳把攒下的衣服洗了，也美美地洗了个澡。

就是在这里认识了从海南来的老罗，认识了青藏进滇藏出的诗遥。

老罗是海南某高校教师，单人独骑，身体胖大，晒得黢黑的脸上，只留下一圈头盔绑带的白。老罗也是突然想到西藏，从成都买了车骑上就走。老罗睡过下水道管道，半夜推车上过垭口。大雨过后的垭口，一轮明月朗照山头，一人一车，一山一月。

诗遥是从单位辞职后走向这条路。她说，如果你不出去走走，你就会以为这就是全世界。于是独自一人从大连开始骑行，青藏进滇藏出。诗遥性格爽朗，兴奋地跟我们讲着这一路上遇见的人，碰到的新奇事，看到的美景，她那闪着光亮的眼神证明着她从未后悔自己当

初的选择。我惊讶于姑娘的个性大胆之余，更惊讶于她拍的纳木措，呀！世间竟有如此美妙的景色。

“八宿”藏语意为“勇士山脚下的村庄”。邦达草原、然乌湖、多拉神山、呷许岩画和藏东享有盛名的同卡寺等风景名胜都云集八宿境内。

八宿属三江流域高山峡谷地带，可分为三个自然区：东北部昌都以南的邦达地带，海拔较高，为高原大陆区；怒江流域延伸至左贡县境内，为高山峡谷过渡区；其余地方高山环绕，峡谷相间，地形较复杂，为高山峡谷区。境内主要山脉有横断山；主要山峰有北部的初胆针山，海拔5971米；西北部的拉穷山，海拔4700米；南部的然乌湖地区，是念青唐古拉山脉东段与横断山脉伯舒拉岭结合部。全县呈狭长地形，分向南北延伸，地势由东北向西南倾斜，构成七山二水一分地的地形特点。

骑行第14天。八宿——吉达乡——安久拉山——然乌。行程91km。

千万不要睡在这里

诗遥今天的路不轻松，早早就出发了。

老罗也提早走了。老罗昨天在怒江为了躲大车摔了一跤。更搞笑的是，老罗爬起来看到石头上有一行字：老子在这里摔跤了。哈哈！原来前人早就在这里摔过，老罗这一跤不是创世纪只是历史的悲剧重演。

我们出发时已经是8点半。今天的行程大约91公里，先是68公里的缓上坡，接着是23公里的长下坡，晚上入住然乌。

缓坡、顶风、烈日都在今天了。衣服也不给力，一会爬坡热了，脱；一会下坡冷了再穿。骑了长长的一段路，总觉得翻过这个坡就能看到垭口了，结果翻到坡顶才发现前面还是望不到头的起伏路。最恼

人的就是这种路。你盼望着见到垭口，它却不紧不慢，不急不躁，用长时间的上坡来耗着你，又用短下坡这种小恩小惠来牵引着你。你还不能停下来，路就在前面给你摆着，必须坚持着走下去。回去？回去的路已渐行渐远。

早晚一包三九配着白加黑，再加上银翘片，感冒还是没好利索。感冒让我从来没像今天这么累过，力气一丝丝地被耗尽，腿越骑越软，头耷拉着，屁股也疼得很。

八宿县卫生局、疾病预防控制中心在路边竖起的一张大宣传牌——外出务工，安全第一。100%使用安全套。都说活在当下，当地卫生部门对广大人民群众这种“裆下”的关怀，让骑友们大发感慨，纷纷在后面跟帖：谁用谁知道；我是处男云云。

一笑就感觉腿上轻松些。但这路还是太累人。这68公里的缓上坡好像永远也看不到头。

够了！索性把车子往路边一扔，不骑了。

仰面躺在路旁的小渠上，手放在清凉的溪水里，长喘着气，望着天上的白云发呆。

“搭车吗？”一辆白色的面包车停下来，藏民司机探出身来问我。

“呃……不了，谢谢！”我犹豫了一下，坐起来，向他挥了挥手。这是第一次有人主动停下来问我是否搭车，可能我躺着的样子像是要死。

越休息越乏。拿出昨天买的苹果。虽然有点酸，还是啃了个干净。洗把脸，又洗了洗标致的脚丫，在风中自然晾干。

走吧。把车子立起来，左腿点地，右腿上抬，晃晃悠悠地骑上。骑上车这两腿更酸更痛了。

这真是一场艰难骑行。

远远看到一位徒步的，挺着胸，甩动着土黄色的长袍。骑到近处才发现是一位中年行脚僧，挎着褡裢，背着背包，行色匆匆却面无倦色。

“阿弥陀佛。”我在车上单掌合十，冲他打了个招呼，车子并没有停。

他一愣，随即一笑，回了句“阿弥陀佛”，声音洪亮。

挥挥手，然后各自向前，各自朝各的圣。

骑不到头的安久拉山终于到了。从早上8点半一直骑到下午5点。

顶着风骑下去，能够看到远远的雪山，穿过长达1公里的川藏走廊，一小时后到然乌。

镇小，住的游客倒很多，找了好几个地方皆曰客满。最后在然乌宾馆住下，条件非常差。木门关不住，墙是一戳能戳个洞的三合板。床上有些可疑的痕迹，躺在上面半个身子能陷进去。此床的墙上还有骑友的黑字告诫："千万不要睡在这里！"掀开垫子一看，我嘞了去！也不知是哪对新人将床搞成这样。

又累又饿也不想再去找别的地方，只好把驮包卸下，躺在床上喘息了一会。魏涛还没来。饿得直不起腰来。

稍稍恢复点元气又起身找客栈。看中一家，比原来那家贵一些，条件却大为改观。回去取车子，遇到那家的老板，以为我是来投宿的，问要不要住店。哎！这厮好记性，幸亏没早给钱。说了声谢谢已住下，趁他没注意，偷偷装上行李，推车溜之大吉——那张床还是留给下一对新人吧。

晚上随便吃了点，感冒后一点食欲也没有。量了量体温有点低烧，喝了退烧药，盖上被子看电视，不久便昏昏睡去。

去西藏旅游免不了要解决住宿问题，旅馆、旅社和特色宾馆自然成为首选。青年旅馆、藏地旅馆及家庭旅馆既经济实惠又有藏式风味，很舒服。

对住宿条件要求不高的背包族喜欢住在小旅店里，每个稍微大些地方（比如小镇、乡政府驻地甚至旅游比较发达的地区的村庄）都能找到小旅店。在一些季节性很强的地方，例如每年5—10月旅游旺季也都会有简易的客栈。价格不一，需要自己比较衡量，寻找到相对舒适的客栈。

对于喜好探险、公路旅行及徒步的人通常选择露营。建议携带双层野营帐篷，轻质铝合金支架并有较宽的裙边。有裙边的帐篷防风作用好，在风大的时候可以在上面压石块或冰块，另外它还有防雨效果，在扯开固定后，可以省去挖防雨槽，从而免去对高原植被的破坏，对自己来说还可以免去带一把铁锹的劳累。对参加团队的旅游者和经济条件比较好的背包族来说，到西藏旅游一般都是住宾馆的比较多。西藏很多城市都有各类旅馆，有带星级的宾馆、也有家庭式客栈可以住宿。至于星级宾馆，除了五一、十一和雪顿节，这三个黄金时间住宿非常紧张之外，其他时间都还可以。

骑行第 15 天。然乌——米堆冰川——中坝——松宗——波密。行程 132km。

冰川上的来客

乏，还是骑上车出了门。

双脚像是踩在棉花上一样，脑袋晕乎乎的，一直清醒不起来。

虽说不太精神，骑上车反倒比躺在床上清醒多了。出门遇到山中巨大的一片水域，平静但有些浑浊，青山倒映水中如同蒙上了一层沙尘。以为是然乌湖，旁人告诉我说是安目措湖，还问我想不想结伴去看然乌湖和来古冰川。呃……一个中年男性邀请我，果断拒绝。

即便水质浑浊，这片湖光山色也非常美。山间薄雾霭霭，天上云层粼粼。水汽自湖面生起，朦朦胧胧中，虚幻的更加虚幻，模糊中却更见风韵了。

沿着滚滚的雅隆藏布江一路向下，如同穿行热带雨林。柏油路，

相对而出的青山，湿凉的空气，顿时心情大好。

来古冰川紧邻然乌湖，是西藏已知的面积最大和最宽的冰川，来古冰川一名来源于紧邻冰川的一个小村落，来古村。来古村的藏语意思是“隐藏着的、世外桃源般的村落”。来古村掩映在四周连绵起伏的群山的绿色苍穹之中，似乎被大自然有意所隐藏，因而得名。来古冰川为世界三大冰川之一，是帕隆藏布的源头，冰雪融水流进然乌湖，湖畔是茂密的原始森林，还有很多原始的藏族村落，包括美西、亚隆、若骄、东嘎、雄加和牛马冰川，该冰川群中亚隆冰川最为壮观。“亚隆冰川”长12公里，从岗日嘎布山海拔6606米的主峰延伸至海拔4千米的岗日嘎布湖；气候上，地处印度洋季风向青藏高原输送冷空气的主要通道，降水充分，有利于冰川的发育，属于海洋性冰川。

苍茫的远山，浓淡有秩。

再次远远地看到雪白的冰川，傲然以视，青山包围之中显得格外冰清玉洁。

越骑越近，10点半到达米堆冰川景区门前。本没打算进去，但冰川的壮美以及离冰川越来越近所产生的那种强烈震撼让我挪不动脚，我似乎已感受到她迎面吹来的冰凉气息。必须进去看看。

坐在路边等魏涛，可左等不来右等不来。这时候看见一小伙儿在门口犹豫不决，就上前问他想进去吗，他说不想。然后骑上车又折回来说，我们一起进去吧。这个小伙子就是陈柄志。后来我们就开始结伴同行，一直到拉萨，后来还在一块喝过酒。

一生中有很多人与你不期而遇，那些原本以为只是打个照面就再也不见的陌生人，最终却成了无话不谈的朋友；那些以为会永远守在身边的人，却转身不见，没有告别，悄悄地消失在你的世界里。

买好票，魏涛赶上来了。进门时看了看表，中午11点10分。

从景区门口到冰川脚下需要骑行8公里。山路崎岖，陡峭抬升。碎石遍布，单车跳跃不止。涉过从山上淌下的小溪，骑过横跨小河的小桥。冰川步步亲近，气场越来越盛。

差不多一个小时后到达了冰川停车场。吃了点东西，用买了杯酸奶的关系来拜托藏族老板娘帮忙看着车和行李。这是正宗的酸奶，但实在太酸。柄志喝光了，我的剩下大半，实在是受不了，偷偷倒掉。

沿着从冰川上流淌下来的溪水向前，穿过一段灌木丛，在丛林开阔处的河边又看到了摆出的尼玛堆阵。有尼玛堆的地方总会被那种静谧所吸引，这种感觉很舒服。再往前就开始钻树林，老树茂盛，小树争先。向上，沿着新鲜的马粪，七拐八转，冰川时而出现时而隐没。

不多久，已站在了米堆冰川观景台。骄阳四照，那冰川闪着白光，像银装天神端坐在太师椅上，气势磅礴，不可一视。天神的脚下是一块冰坨，近前是湾冰水。

大部分游客在这里拍拍照就止步了。看那冰川也不远，旁边有位女游客说踏到那块冰坨上要一个多小时。犹豫了一下，既然都到这里了，那就再往前走走，赶不上路就住在此处。我们三个一拍即合，施展凌波微步。

穿过灌木林，踩进一片碎石，就跟河滩的碎石一样，围着一个不大的湖。湖水来自冰川，冰凉，里面还飘着些浮冰。

那块冰坨已近得扔块石头就能到，一片乱石岗却横在面前。手脚并用，累得气喘吁吁。脚下的泥土开始湿润起来，扒开一看下面全是冰，我们已经踩到了冻土带。翻过一堆大石，那块白色的巨大冰坨“哗啦”一下出现在面前，立刻惊呆。

这可不是一小坨冰，像是一艘巨大的白色航母。整块的冰横着，又像是条巨龙趴在那里。冰上高低起伏，又像是条宽阔的大河被瞬间冰冻。喊一声后面的柄志，连蹦带跳地从乱石上跑下来，一个箭步跳到了冰川上。

脚下一声小清脆，双脚已踩到冰川上。原以为会一滑，冰却很涩地将鞋底抓住。使劲地跳起，轻盈地落地，跌跌撞撞地奔跑，四肢舒展地仰躺。柄志更甚，上衣一脱，与冰川来了个"坦诚相见"。

游客也就三五个。有两个中年妇女在那拍照，让我帮她们拍。她们摆出各种姿态，还不忘问我好看吗？好看吗？我客气地说了声好看，她们很高兴，说那再给我们拍张可爱的吧。卖萌动作一摆，我心脏不好，哭晕。

冰川融化成的冰水哗哗流淌，流入冰下的暗河。暗河幽深，望之胆寒。也有的融化成一汪小潭，在阳光的照耀下变幻出一种奇异的蓝。掬一把蓝水在手却又变成了透明，顺着指缝滴答滑落，又回到了蓝色的小潭。再掬一把，饮一口，入喉甘甜，清冽一线贯穿。

冰上星布七零八落的小水坑，有的坑底落着些泥土，有的沉着块小石头。捡起几颗仔细地揣在兜里，以作纪念。

虽处冰川却并不觉得冷。阳光透明得晃眼。向山上看，白雪皑皑，山顶气生云动，听说翻过去就是墨脱。

下山，经过那片来时的尼玛堆，夕阳下的尼玛堆弥漫着空灵。正对着冰川，选了块高大的岩石。七块石头垒起座新的尼玛堆，让她在这里替我与冰川对望吧。

米堆冰川位于波密县玉普乡境内，距县城103公里，离318国道8公里，是西藏最重要的海洋性冰川，也是我国境内海拔最低的冰川。

冰川主峰海拔6800米，雪线海拔只有4600米，常年雪光闪耀，景色神奇迷人。冰川冰洁如玉，景色秀美，形态各异，姿色醉人。冰川下端是针阔叶混交林地，皑皑白雪终年不化，郁郁森林四季常青，头裹银帕，下着翠裙。由于冰面气温较暖，常年生活着冰蚯蚓、冰蚤和其他各类微生物。

受喜玛拉雅山东段的气候影响，米堆冰川虽位于北纬29°的位置，但是冰川末端的温度却比大约北纬44°的博格多山的冰川还要低，是我国现代冰川中较为特殊的现象。

骑出景区时已是下午6点。前日认识的老罗已在波

密定好房间，魏涛正在往那边赶。此去波密还有90多公里。跟柄志商量了一下，今晚打算在松宗住下，明日早起赶往波密，再从波密到通麦与他们两个会合。

到松宗大约有40公里，一路缓下坡加短时上坡，路况很好，风景优美。骑过中坝兵站将近7点，天色有点阴沉。继续前行，7点15分骑过了3939的路牌，离昨天的3838路牌正好101公里。

路况好就放开了速度，将速度调到2-7，两脚狂蹬，不时停下来等等柄志，这家伙腿脚也不好使。前行一段有条小上坡，大约几百来米。本想冲刺一把，这小菜一碟的小上坡却越上越费劲。怎么回事？停下车压压后轮，轮胎下陷，很明显的爆胎。看看时间已是晚上8点15分。

天色已黑下来，换胎也看不清楚。想想前方的路应该不远，抽出气筒打足了气。上车后甩命往前骑，就跟中箭的战马一样，带着伤狂奔。没跑几步，又蹬不动了，再打气再跑，如此折腾几次后，打气的速度已跟不上出气的速度。这时天已黑透，浑身被汗浸透。

跟柄志说搭车吧，天再晚更麻烦。想起前天在八宿看到一张通知：三个河南自驾游的人在这一带失踪。况且在米堆景区门口的墙上也看到了同样的通知。想到这背后一阵冷汗。

柄志有些为难，因为他抱定了此行不搭车的志向。正犹豫着，过来一辆面包车。伸手拦车，面包车向前滑行数米后停下。里面已坐了几位，问了问司机可否搭到波密。司机问了问情况，还没开价，里面有个搭车的说话了："便宜点吧，这么晚了，帮帮忙吧。"

"那就两个人包括车50吧。"

回头调侃柄志："如果你不搭，前方松宗也不远了，可以去住宿。"

柄志赶紧说："还是一块吧，这么晚你一个人搭车我不放心。"赶忙跳上车。

上车后跟其他几位搭车的人聊天，刚才替我们说话的是背包客陈强，来自日照。后来才知道，这个陈强就是出昆明火车站遇到的那位背包客。缘分就是这样不可思议。呃，只是有点小小的遗憾，如果陈强是个美女该多好，哈哈！

车内热闹，车外漆黑一团，只有前方面包车刷出的两道亮光。

晚上住进了老罗定好的房间。

吃过饭后柄志去附近的地方怀旧。去年他曾到过这里，没找到地方住，是附近的一个派出所的工作人员收留了他。柄志很感激，这次来特别要去表示一下感谢。

等了半天，柄志回来了，一脸沮丧。咋的了？这孩子。

下面是柄志给我们复述的他的遭遇。

"您好。"柄志到了去年那个温馨的派出所，对着里面的人民警察用很温柔的语气问候着。

"有什么事？"人民的警察对着人民漫不经心地反问。

"去年我来这里，没地方住，就是住在这里。"柄志怀着感恩的心，还沉浸在当年的感激中。

"今年不能住这里！自己找旅馆去！"

柄志一时气结，竟无语凝噎地愣在那里。原来是自己自作多情了。

我拍着他的肩膀，忍住笑，安慰他："柄志啊柄志，生活不是演电影，收起你的小怀旧，回来老老实实跟你三个哥睡觉吧。"

骑行第16天。波密——古乡——102塌方区——通麦。90km。

西藏印象

今天是出发最晚的一天，等着去邮局盖完章，9点才开拔。

现在又由我和魏涛两个人变成了四个人，加上了老罗和柄志。

路还是延续昨天的好路。出波密县城就是个大上坡，小意思，一通小快蹬这坡就上去了。气定神闲，大气不喘。坐在路边等他们，看到一个大学生模样的骑友骑过，后面驮着个塑料编织袋。

“哥们儿，里面装的地瓜啊。”我开玩笑地说。

“垃圾。”他喘着气回答。

原来驮着个包是一路在捡拾垃圾。

这是条宁愿不多带一张纸的骑行路线，他车有负重还一路做着这份公益，真是让我肃然起敬。

两岸的青山退让，帕隆藏布江流到此处也像大款一样阔绰起来。从山腰就生出的白云将山团团围住，就像在洗泡泡浴。

路两旁是遮天的森林。越往前去，森林越茂密，给我的感觉这里根本不是西藏。其实进藏以来一直在修正我想象中的西藏。想像中的西藏是荒凉的，千里冰雪，人迹罕至。以前从未动过西藏的心思，至于骑车进藏更是没影的事。华师访学期间的因成缘熟，开始关注起西藏。最先看的是凌仕江的《你知西藏的天有多蓝》，然后又看了他的一系列关于西藏的散文，包括《西藏的天堂时光》《飘过西藏上空的云朵》《说好一起去西藏》等。去年冬天已经动了进藏的念头，但理智还是把它压了下来。现在想想，虽然那年冬天没有成行，却将进藏当成了一个心愿悄悄埋进了心里。

这次暑假骑单车进藏也是未曾想到的事。

以前从没骑过山地车，4月份才买了车，逛了逛上海周边几个地方，最远的也只是到过崇明岛。这一年，特别想走出去。去年动过的进藏的念头再次点燃，而且越烧越旺。华师访学回来后骑行的最长路线是莱芜的雪野水库，来回才170公里就累得要死。没有针对性的锻炼，没有修车经验，体力又不支，但这燃起的进藏念头时时萦绕脑海中，如果这个愿望不能尽快实现我会被压至崩溃。我不是个坚强的人，一直在等待最有力的支持，启程日期一拖再拖，直到上路，心里的负担还在重重地压着我。现在行程已经过半，自己的身心都有了变化。身体的变化能够看到，心灵的那种变化正沿着经络流注全身的每一个穴位，这种从未有过的舒畅感让我很欣慰。

单车在笔直的318国道上疾驶。忽而发现有棵树的树梢上挂着几片黄叶，黄叶在风中萧瑟抖动。到处是绿色，只有这几片黄叶挂着，显得格外刺眼。想起今天正是立秋，瞬间觉得这风也有了凉意。

人有时就是这副德性，春花秋月、夏雨冬雪都会莫名地引起神经质。尤其是这秋，虽然没有连绵的秋雨，秋阳依旧灿烂，但再灿烂的阳光也跟夏天的不一样，炽热中已有了丝丝凉意，这时候总是抵制不住孤独。

随即一想，还是收起这萎靡行状吧，大丈夫当长虹贯日，气吞万里如虎！金秋才是好时节，江天辽阔啊!看千山重叠，由浓转淡，“江流天地外”。有如此美景，何不以梦为马，诗酒天涯，潇潇洒洒将这一路的山色风光看遍。

罗曼·罗兰有段话说得极好，他说大部分人在二三十岁就死去了，因为过了这个年龄，他们只是自己的影子，此后的余生则是在模仿自己中度过，日复一日，机械、装腔作势地重复他们在有生之年的所作所为，所思所想，所爱所恨。汪峰不也在歌里唱过“多少人走着却困在原地，多少人活着却如同死去”吗？这样想来我还是幸福的，因为我是个思考者又是个行动者。无论情绪怎样波动，内心如何矛

拉萨 326Km
巴河 1Km

盾，无论体力如何不支，西去的单车已经在追逐着风马。我不会半途而废，我定要用虔诚与坚强将这条登天的路走完。

不放弃，才是西藏！

中午行到波密县古乡。第一次看到这么漂亮的藏式房子，再次改变我对西藏看法的同时也让我心生怀疑，这是西藏吗？

二层小楼，白色的平屋顶。墙面全是用方方正正的石头砌成的。石缝里抹的青灰色的水泥将石头分割得清清楚楚。房檐和窗棂用金黄、藏蓝、喇嘛红、松石绿、哈达白五种颜色彩绘成吉祥的图案。这些图案描绘得非常细致。尤其是一楼，木头的小方格窗棂镶在墙上产生了一种说不出的温暖。窗户的四周还勾出一圈浓烈的黑，有一种很强烈的宗教色彩。最繁复的是门楼，五色三层檐，成斗冠造型，类似世博会上的中国馆。层檐之间夹着格桑花图案，再往下是一条宽宽的横梁，上面绘着双龙戏珠。斗冠之下是两座烛台状的支撑，也是雕花涂彩。门口并不大，纵深进去是洁白的墙，墙上不知绘着什么吉祥图。二楼的窗台上还摆着几盆鲜艳的花，为这坚固漂亮的小房子增添了几分生气。

路上时雨时晴，这也是以前没有料到的。没想到西藏也跟江南的天气一样，雨来得快，去得也快。雨水形成的小溪已将道路淹没，只好扛起单车从坝上通过。

下午4点半左右骑到了102塌方区。前面有块牌子提醒路人："现正值雨季，注意安全，不要在20：00—8：00时间内行车"。区内尘土飞扬，地上乱石横道。幸好没有遇到雨，即使是搞个灰头土脸，总比砸个血流满面要强得多。

晚上荷花发来短信问我们在拉萨哪，想在布达拉宫一起拍照留念。我说我们还在去通麦的路上。荷花太强了，在梅里雪山就搭到宝马越野，现已在拉萨安营扎寨了。三知也到了布达拉宫，提醒我们明天要注意通麦天险，一定要慢慢通过，安全第一。

波密，藏语意为"祖先"。原为曲宗、易贡、倾多三宗。著名景点除了米堆冰川，就是盎甲山。盎甲山原名阿里措日，其接近山顶部分全由石板岩层构成，经线长而分明，经风化形成若干层很长的台阶。每年4—5月或9-10月，积雪在石板崖上化掉一部分后，呈现出古代兵勇所披盎甲上的花纹，所以被当地人取名为“盎甲山”。

波密县城所在地扎木镇，海拔2700米，气候温和湿润。岗乡自然保护区是山地温带针叶林的典型。境内海洋型冰川发育极好，有著名的卡钦、则普、若果、古乡等冰川。其中卡钦冰川长35千米，面积172平方千米，冰舌末端伸入森林，下达海拔2500米的地方，蔚为壮观。

骑行第17天。通麦——排龙——
东久——鲁朗。70km。

刀尖上的美味

清晨起来就下起了小雨。

这样的天气让人担心，大家都在犹豫是否上路。问了问老板，说只要看到通麦这边有车通过，就说明前方没有塌方。

一出通麦就开始难走，路已全成了泥路。攻略上特别提示要注意安全，因为这一带是著名的泥石流、滑坡区。

往前不远是通麦大桥，又是一桥锁喉的兵家要道。铁索拉起的大桥横跨江面，江水咆哮，杀声震天。两岸青山巍峨，云雾缭绕，仿佛有千军万马隐匿其中。桥面铺了长长短短的木板，走在上面磕磕绊绊。大车湿漉漉地从身边通过，将我逼到铁桥的护栏。在桥头上可以看到易贡藏布江汇入帕隆藏布江，易贡藏布江和帕隆藏布江会合后，在下游汇入雅鲁藏布江。

一过桥路马上变得无比泥泞，经雨的地上满是泥泞。多处路段非常危险，有的地方没有任何护栏。路的下面就是悬崖，落下去就被江水吞没，可能连尸体都找不到。

骑友陆陆续续地小心通过。路边泥地里有个骑友扶着单车在那张望。过去问了问，说车座的螺栓坐断，用铁丝绑根本不管用，没办法只好等着搭车通过。这家伙体重据他说有230斤，这样的体重够他的“战马”受的了。还是我这小身板好，身轻如燕。

过了桥，等着老罗和柄志赶上来。问他们是否见到魏涛，皆说没有，我们仨就在那等着。见还没来，打电话，结果也没人接，心中担起心来。老罗说边走边联系吧，按他平时的速度不可能在前面，再说我们都没看到他超过去。一路走一路打电话，十几个电话后，焦急如焚。

路边多处有安全提示。路有些地方变得很窄，上下坡度加大，不得不下车推行。路在山腰间盘旋，山间是震耳欲聋的帕隆藏布江。

自驾游的更是小心翼翼。车堵成一条长龙，我们穿行其中。开车的路人甲对我说，“哥们，慢点，注意安全。”一个小姑娘骑车通过，我对她说，“注意安全。”在这样的环境里，大家的关心都非常真诚。

终于打通了电话，魏涛说他在前面，当时火冒三丈，电话里大声喊着让他在前面骑慢点等着。

走出这段泥泞后在一座桥边四个人会合。一见魏涛就骂了一通。原来今天早上出发时他的膝盖突然不疼了，于是就跟打了鸡血一样放开了速度直往前跑。其实现在想想也是可以理解，就跟一直憋着劲没处使的老光棍一样，好不容易盼到新婚之夜，当然会一路狂奔。只是这一路的路况让我非常担心。这种连带担心直到到了拉萨后才放下来。所幸没出什么事，只是气得真想踹他一脚。我想，从这一点也能看出今天的路况是多么危险。

路烂，风景却不错。人会齐了，气也消了。穿行在西藏的热带雨林，雨住了，阳光蒸腾着路面，水汽氤氲。置身绿树葱葱经幡悬顶的群山，不由你心情不舒畅。

骑到排龙，庆幸昨天下午没有继续往排龙赶。这条路，我晕！

过了排龙一直向上攀升。正午12点40分，骑到一条非常明显的

道路分界线。后面的路是湿润的，往前的路是干燥的。前辈说过，这是烂路的结束，而且是真正的结束！从这里，G318国道路碑K4112开始，后面的路将全是柏油路，一直通往圣城拉萨！

再往后就是好路的消息让我们完全放松下来。找了个地方开饭，吃了个满心欢喜。人对食物的欲望在这时降了下来，怀念的倒是家乡的水饺、妈妈亲手熬的小米粥、楼下转角处的豆浆、油条，尤其是水果——这里的水果真心贵。

既然魏涛浑身充满了力量，那就让他跑前面去找住处，我们在路边休息。魏涛打马飞去。这厮，莫非真是打了鸡血？

不赶时间躺在路边睡觉的感觉就是不一样，放松而又惬意。一只白色透明的小虫趴在满是白色细绒的花茎上，身体一躬一躬的向前爬着。一只觅食的黑蚂蚁盯着她，小虫停下来，摆出一副很无辜的样子。黑蚂蚁没好意思咬她，转身走了。小虫低头继续走路。

拉月藤网吊桥全长112米，横跨在东久河上。藤网用白藤编造而成。粗大的白藤坚韧，五彩经幡飘扬。我像猴子一样攀着藤条，戴墨镜、蒙面、扣头盔，不小心把光滑的白肚皮露了出来。

碧玉般的东久河水哗啦啦地绕着巨石流淌。

风景迷人，路也很“迷人”——全是上坡，海拔由通麦的2030米爬升到鲁朗的3280米。累了就停下来看看头上变幻的白云，拍拍路边的小野花。花儿娇小，无香吐艳，静静然开放在野草之中。

一队队骑友跟过来，个个疲惫不堪。有个女生累得在路边搭起了车。“加油”！也只能给她喊声“加油”了，别的忙也帮不上，祝愿她能坚持下来。

傍晚6点45分骑过了鲁朗兵站。

山那边聚集起了一片乌云，下面肯定是大雨如注。一刻钟的时间，乌云慢慢变淡，天空微微露出点蓝，阳光开始照耀，随之出现两道彩虹，从这个山头跨到另一个山头。上面那条模糊了点，下面这条清清楚楚，将后面的树木也映成七彩。从来没见过这么美的彩虹，能清楚地分辨出七种颜色。已而天空放晴，彩虹在蓝天的背景下显得更加绚丽、神奇。

晚上8点骑到鲁朗，天空依旧明亮。魏涛在前面一直没有发回住宿的短信，打电话一问，原来我们到的是老鲁朗，新鲁朗还在前面。

天渐渐暗下来，累和饿也一起压下来，把我和老罗压成愤怒的小鸟。

将近半小时骑到目的地，热腾腾香喷喷的石锅鸡已炖在火上，魏涛已等候多时。

锅是产自墨脱的黑锅。先喝汤，洒上些葱末，鲜香绝美。几口汤下去，浑身舒畅。又吃了几块鸡肉，骨酥肉烂。石锅鸡，人间美味，也可能是太饿了，让我这以素食为主的人都觉得奇香无比。

跟老板的女儿聊天说起了《舌尖上的中国》提到的松茸。女孩说我们这就有啊，送你们一盘吧。一会儿工夫，端上盘切好的松茸片。

放在锅里稍微一煮就可以吃。嫩滑的松茸片，有点乳白，吃在嘴里，美进心里。就这样在鲁朗第一次吃到了传说中的松茸，还是免费的，这让我们颇为得意。

鲁朗意为“龙王谷”“神仙居住的地方”，素有“生物基因库”之美誉。至今民间流传着“到了工布鲁朗，会忘记自己的家乡”的赞誉。主要景观有鲁朗林海、色季拉国家级森林公园、杜鹃花海、田园风光和民俗风情浓厚的扎西岗村等。

鲁朗林海由灌木丛和茂密的云杉、松树组成，是鲁朗最美的景致。林海绿得丰富，尤其是高耸入云的南迦巴瓦峰的皑皑白雪与林海相互映照，越发显得西藏高原的雄伟壮丽。

到鲁朗不吃石锅鸡是一件遗憾的事，石锅是用一整块石头掏空而成，鸡则是当地藏民养的土鸡，用雪山上流下的溪水配以人参、藏贝母、百合、枸杞等药材慢炖，绝对是人间美味。

骑行第18天。鲁朗休整。

尔但一开两朵，我来万水千山

晨曦微露，只是云还没有完全泛白。群山黑沉，似在相拥酣睡。一团半白的水汽飘渺在山腰，若有若无又非动似动。草原上，几匹马还在咀嚼，一会抬起嘴秃噜噜打个响鼻，舒服了，低头继续吃。几声清脆的鸟叫声穿过湿润的草原，像是画眉，声音如同被玉露擦拭般的晶莹剔透。

不远处，炊烟依依而起，几户早起的人家已在开始准备着早饭。听到主人的几声咳嗽声和吱呀的开门声，守了一夜的狗儿放了出来，边叫边在野外到处撒欢。

清冷的早晨，一个人站在高原之上呵气成白。

眼前一条清澈的小溪哗哗流过，水中的鹅卵石清晰可见。双手掬起成碗状，往下一抄，入水清凉。就着活泼泼的河水洗了把脸，漱了漱口。随手从河底捡起块扁平的石头，一哈腰，贴着水面扔了出去。石头在流动的水面一上一下地跳跃，像只小青蛙一蹦一跳地跑远。

在八宿时听诗遥说起过鲁朗的花海，昨天晚上又听老板的女儿说起，今天早晨特意去寻找。

沿着水泥路往灌木林深处走，一路走一路记取着路边隽永如画的风景。我始终觉得无论走过什么地方，这些地方一定是缘分成熟才会来到这里，所以我从来不把这看作是人生中一闪而过的风景，而是像探访老友般带着阔别已久的心情。这一生遇到的人也是如此，无论是熟知熟识还是擦肩而过，与他们相遇的我都心存感激。

一个半小时走到了花海景区的门口。门口站着两座高耸的碉楼还站着两个早起的保安。门票90。估算了一下自己的路费，有点贵啊，忍着没进去。其实是有点失落的，不过我自我安慰地想：好花不一定圈在这园子里，通往花海的这一路难道就没有野花星罗棋布？

往回走就不再走来时的水泥路。沿着河岸，踩着大大小小硌脚的鹅卵石，我走得东倒西歪。随手从路边草丛抽出一根细长的小草，咬着嫩绿而又略带甜意的草茎，哼唱起了朴树的《那些花儿》："那片笑声 让我想起我的那些花 在我生命每个角落 静静为我开着……"

尔但一开两朵，我来万水千山。不错，这个地方，花儿早已静静为我开放。

充足的雨水以及阳光，让这里的花开到了极致。饱满的花瓣还沾着昨夜的露水，今晨已颤微微地迎着阳光张开了蓓蕾。不高贵，紧贴地面，从乱石中汲取着养分。这些植株虽然长得矮小却极富表现力，那探向前方的枝茎稚嫩地跨过光滑的石头，将生命继续向前延伸。花

开得很小，倒也因了星星点点，甚是可爱。

这些花开得优雅。她们张着美好的花瓣，花瓣末端是攥着的淡紫色小拳头，仿佛害羞的姑娘等待心上人的亲吻。水边的这株花不知什么名字，花开两枝。这并肩双生的两枝花枝干笔直，努力托起了一簇簇黄色的小花。流水静音，与黄花同归于寂。

这些花如果养在花园极易被忽略，她们只适合开在这天然的环境，无丝毫造作与矫情，赤裸裸地迎着风，沐浴着阳光，无论大小都开出一段自己的美丽时光。

只顾低着头拍照，忘记看头顶的蓝天。以蓝天为背景，将镜头从下往上拍，没想到这些小小的花儿把天空也装扮的如此多娇。

鲁朗这一带的藏民几乎家家都是非常美丽的小房子，彰显主人生活的富足和生活的品位。说实话，没来之前认为藏地很贫穷，来了以

后才知道他们有的比我们还富裕。

这些房子样式都一样，皆是石头结构的二层小楼，风格热情奔放。不同的是窗棂和墙上的彩绘，这也是最吸引我的地方。从这些装饰上可以看出，藏民性格里不只有豁达爽朗还带着几分细腻。

中午回去时还没来电。躺在床上不知睡了多久，惺忪中睁了睁眼，浑身乏力，侧身又将被子抱紧，重新闭上眼睛。老罗来约去爬山，答应了一声，却四肢绵软，怎么也爬不起来。路途劳累啊！

下午4点才爬起来。起来后大家决定绕道去找花海——哈哈，都是些不打算花钱的主儿。

沿着上山的小径，草木茂盛，早晨看到的那些花在这里也开放着，不过没有了露水，少了些水灵之性。随处可见两人合抱的大树桩，虽已枯死，却在心中长出了绿色的蕨类；还有的已生满了青苔，更有细小的蘑菇举着把小伞悄悄地探出头来。说到蘑菇，我们想起了昨晚吃的松茸。拔开树下的腐土，或是在青草覆盖之处仔细寻找，明知道这些地方没有松茸，却有一种找寻的欢愉。

那些依旧生长旺盛的老树，高大，挺拔，直直地刺着蓝天。树上附着岁月的沧桑，也依附着多年生的寄生植物。

草原上到处是水，还有细长的流水沿着冲出的小沟渠无声地流淌。牛粪随处都是，滋养着青草和鲜花。

水多是因为这里的雨水丰富。正在阳光下走着，那边的天空还是蓝的，这边就飘过一朵乌云，大雨随着降下。这就是草原雨水的脾气，根本无视阳光的存在。我们躲进大树下面，看着透明的雨独自玩耍。玩够了，云收雨散的跟什么也没发生过一样。

傍晚的天空又惊现双彩虹，比昨天看到的还要清晰艳丽。

鲁朗，这个让人不想家的地方。

骑行第19天。鲁朗－鲁郎林海观景台——色季拉山——八一。76km。

道上的事你无从预料

出了鲁朗就是陡上坡，这坡一直会上到24公里之外的色季拉山垭口，此山海拔4720米，但在我这儿已算不上高山了。

一路上坡一路欣赏着风景。今天跟我搭档的是昨天晚上入住客栈时认识的成都骑友小马，还有几位路上临时结伴的。小马一身骑行服，晒得像条咸鱼干，活力四射地大谈他的骑行故事。

以为这家伙的活力四射必定骑行速度也是不容小觑的，结果让我大跌眼镜，行如蜗牛。倒是见到美女立刻就会两眼放光，神采奕奕，脱胎换骨。

这一路上的女骑友基本属于松茸一样的珍品。平时可能娇气得很，但骑起车来可一点也不输于我们几个爷们儿当然还是有女孩子的温柔神态，只是比一般的女孩子更多出些不俗的魅力。女生骑单车的姿势比男生好看得多，尤其是戴上头盔墨镜，再用魔术头巾一蒙，宝马良驹往上一跨，个个英姿飒爽。即使不用任何装配，站立推单车的姿势也很动人。

正巧过来个美女，小马冲着她喊了声“加油”。女孩悠然飘过，礼貌回应，爽朗一笑。但那一笑却让小马大受刺激，荷尔蒙上窜，冲我大喊：“我要追她！”哈哈，我们拍掌叫好，看热闹总不闲事大，起哄说你真是个少见的纯种爷们儿，大胆去追！

“你有没有男朋友？”小马撕心裂肺地冲着女孩的背影嚎叫。

“没……有……”声音甜美悠长，不嗲，不矫情。

“好！”，小马报以响亮的男高音。

他俩这一呼一应的，貌似情意浓浓，一见钟情。

“哥几个，再见啦！我要追她去了！”小马冲我们一抱拳。

“去吧，我们是你坚强的后盾。”

小马风驰电掣。我们唱着李健的《传奇》欢送：“只是因为在人群中多看了你一眼，再也没能忘掉你容颜……”

你看这小马，两条小干腿一通快蹬，“嗖嗖”就窜没了影。我们跟在后面哈哈大笑。

我们上坡上的那叫一个累，看看人家荷尔蒙飙升的小马，这上坡跟下坡一样。

继续上坡，雨又来光顾，刚穿上雨衣，太阳又出来了。爱情或者女人也是这样变化无常地折磨人吧？不久我们看到了前方沮丧的小马。

“没拿下？”

“人家对我没兴趣。”小马耷拉着头说。

“天涯何处无芳草，前方的美女任你挑。哥们儿，去拉萨看看。”我们安慰开导。其实谁都知道，那种一见钟情而又厮守终生的爱情毕竟是在小说里才见得多，现实中往往最终不是败于难成眷属的无奈就是败于终成眷属的倦怠。有时我们要固执着最初的那份约定，不离不弃，有时能有这24公里的单向冲动就足够了，虽然这只是西藏环境下的一种原始冲动罢了。

西藏的爱情故事很多，后来在大昭寺的石阶上，邂逅的一位南方妹子给我讲过她的故事，那自然是后话了。

正午12点15分，登上了色季拉山。垭口五彩风马飘扬，心情极为舒畅。正拍照着，一场大雨又突然袭来（提醒出门带雨衣啊，带雨衣，这一路被雨折腾得够够的），慌忙推车到山顶小木屋的屋檐下躲雨。空气瞬间变冷，加上冲锋衣和雨衣。小木屋里有卖吃的，要了一罐八宝粥补充能量，边吃边跟济南的骑友聊天。一会魏涛也赶了上来。

正聊着，一骑友过来喊这位济南的骑友，接着又听他大喊，“山东的老乡过来帮帮忙！”

一看就呆住了。他怀里半躺着一位骑友，脸色发黄。忙过去帮他抱着这位骑友，一问才知道是高反。从来没想到高反会是这样！手已伸不直，眼睛慢慢闭上，这时候最怕的就是睡着，忙晃了晃提醒他不要闭上眼睛。他缓缓睁开眼，目光发直。大家都在手足无措时，一位北京自驾游的朋友拿过氧气瓶，瓶口罩在他的鼻子上，随着呼吸点压着开关。

雨还在哗哗下着。

多亏了北京朋友的这瓶氧气，那家伙活了过来。于是他们几个赶紧骑上车，冒着雨冲，送这位骑友下山。只要下了山，海拔低处就没问题了。

怕他再有事，我也把衣服穿好，换了副全指手套，跟在他们后面往下冲。雨水将手套浇透，手很快半僵。

他们刚开始的速度慢，我的速度快。冲一会，停一会，直到看到那位骑友没问题了，才向我挥挥手加速下山。

高反这种事真是不好说，来之前一直比较担心，骑过这条线的都提到过高反的危险，也听说过一些因高反而饮恨离世的案例。说实在的对自己的身体状况一直很担心，但是高反好像跟人的体质不是成正比，我这样的身体反而反应不大，无非是头晕，胸闷，犯困，调整着呼吸也就过来了。

今天的行程还有个看点，就是南迦巴瓦峰。南迦巴瓦峰是林芝地区的最高点，海拔7782米，终年积雪。南迦巴瓦峰为西藏最古老的佛教“雍仲本教”的圣地，有“西藏众山之父”之称。在藏涪中南迦巴瓦有多种说法，比较常见的两种是“雷电如火燃烧”和“直刺天空的长矛”。南迦巴瓦峰因常年云雾缭绕，比梅里十三峰更难遇到，要运气超好才可以得见，所以又名“羞女峰”。

还好雨没跟着我们下山，半路就停了，天空又露出了西藏那种特有的蔚蓝。这一路下山特别舒服。路况好，弯道急，该放的放，该收的收。

下了山，找到一块平坦的青草地，一屁股坐在地上休息。花在开，牛在吃草，人在搔首弄姿地拍照。一会工夫，魏涛全副武装地下来，招呼一声开饭。

还没开始吃，一辆旅游车开过来，下来一帮上海妇女游客。看到我们，大呼小叫，像是看到了外星物种。一位大姐说你们真是英雄。呃，不做英雄很多年。还有一位大姐非要跟我们合照。于是赤着脚，头发也没梳，摆出那个很二的手势跟她们合影。

合完影，这群热心的大姐们给我们放下了一包吃的，有德芙巧克力、薏仁粉、方便面、压缩饼干、水果。昨天柄志接到朋友的短信说色季拉山和米拉山下有打劫的，我们没被打劫，倒是“打劫”了别人。

晚上投宿在八一。八一是西藏第二大城市，本想舒舒服服地洗个澡休息休息，早到的柄志找的地方让我们大不满意。七拐八拐，穿过一片拆迁的废墟找到一座破旧的房子，仿佛又进入了贫民窟，晚上出来逛街还差点迷了路。柄志说这个地方以前住过——他又是来怀旧的！

八一镇是西藏自治区林芝市巴宜区所在地，原名“拉日嘎”。著名景点有“夏瀑冬冰”、措木及日湖、巨柏林等。

离八一镇东南40多千米的帮纳村，有一棵1600多年树龄的“桑树王”，树高7.04米，胸径13米多，传为松赞干布和文成公主栽种。在离八一镇10多千米的巴结村，有一片占地10公顷珍贵的特有柏树品种——西藏巨柏。其中有一棵被称为“巨柏王”“活文物”的巨柏，树高50余米，胸径58米，树龄高达2500岁左右。

从八一镇向东，经过林芝县府所在地普拉，再向南就是尼洋河与雅鲁藏布江的交汇处，河面宽阔，河面如镜，可乘船游览，顺流而下近50千米，就是米林县派乡——雅鲁藏布大峡谷的起始点。沿着雅鲁藏布江和尼洋河，可以到达米林县南伊沟，参观南伊沟原始森林景观和体会珞巴风情，还可以前往派镇，在派镇参观雅鲁藏布大峡谷入口风光和拍摄南迦巴瓦峰雄姿。

骑行第20天。八一（林芝地区）——更张镇——百巴镇——工布江达。130km。

藏式简慢生活

穿行于早晨的森林，空气中有种带风的清爽。立秋了，秋色虽然还藏在绿色之中，但心中的秋意渐行渐浓。

路边黄花堆积，野果挂红，这是秋天的盛宴。路边的水果摊几步一个，苹果和水梨码得整整齐齐。秋意还来自身边的尼洋河。立秋后的尼洋河河面宽阔，碧水流清。从群山中流出，又向白云中流去。逝者如斯，不舍昼夜。

尼洋河河水清兮，可以濯我足吗？我又开始脚心痒痒，脱了鞋袜泡泡脚。老罗玩笑地提醒我说，“藏民在神圣之日才在河中沐浴，你这不择良辰不选吉日洗你的臭脚，小心冒犯了神灵。”我管不了那么多，在这清澈的水里泡舒服了再让神灵惩罚我吧！

洗罢脚，敞开衣服，磨破的屁股又加了条新卫生巾，也给老罗一条（不得不说卫生巾很好用呐），懒洋洋地躺在尼洋河的大坝上。

下午6点骑到阿沛村，看到路边有一排非常漂亮的藏式小房子，就是鲁朗见到的那种。心中惊喜，车子一拐就进了阿沛村。

这些藏式小房子比鲁朗见到的还要漂亮，还有独家独户的小花园。正在欣赏着，从一家住户里走出位扫地的中年妇女。随口问了声："能住吗？"对方微笑着答："能。"

客栈叫“德庆拉姆家庭旅馆”，女主人名叫拉姆，“仙女”的意思。拉姆打开院门，领我进去。五彩斑斓的藏式图案，金碧辉煌的藏式小橱柜。天花板覆盖着整块白布，四周绘着祥云，中间是个巨大的法轮，红、黄、绿、蓝四种颜色。床单是五彩线，被子雪白松软。

洗了个澡，换身干净的衣服，把换下的衣服洗净晾上。拉姆打开火开始煮茶。一会工夫热呼呼的酥油茶煮好，拉姆拿了杯子给我斟满。闻着香，尝着甜，喝到心里一阵阵热乎。拉姆接着又帮我续上，然后就坐在旁边默默地编着织花。一杯又一杯地喝着酥油茶，汗发上来。院子里火红的大丽花在尽情开放，这种感觉很暖。

端着酥油茶走到花园般的大门口，各色花正开得热闹。邻居家的花枝探过来，酥油茶的香味飘过去，拉姆的母亲摩挲着手里的大串佛珠，口里念念有词。安安静静的黄昏，喝着飘香的酥油茶，就像站在夏天老家的门口。

一阵急雨刮过来，要变天了。路上的骑友三三两两地飞骑而过。我站在花园对面的篱笆墙根大声地招呼他们，“到这里来住吧！”

骑友们只是看我一眼没有停下来的意思。有个骑友看我喊他，慌忙回了声：“扎西德勒！”

扎西德勒？这厮一定把我当作藏民，以为在招揽生意……上帝作证，我可是原装的山东汉子。还是赶紧回去戴上标志性的头盔。

雨下得有点大了。拼命招呼着过往的骑友来分享这种快乐。可惜的是我一个也没招呼来，他们连停下来看看的意思也没有。

拉姆说晚饭如果想吃炒菜的话可以到外面的饭馆，如果不吃炒菜就跟着她家一块吃煮面块。等拉姆把热腾腾的面块盛好一碗端上来，咬一口，香！青稞粉做的面块，再切成小的方块。加上了牛肉、西红柿、青菜，还有松茸。这是第二次吃到松茸。三碗过后，实在吃不下了。

小房子实在太漂亮，每家每户都那么有特色。住得干净，晚饭又吃得这么舒服，拉姆热情好客，像一位温柔贤惠的母亲，仿佛罩着一层神光，我不想走了……

工布江达，藏语意为“凹地大谷口”。工布江达县旅游资源丰富，境内大小景点56处，涵概人文历史和自然风光。主要景点包括国家森林公园巴松措、太昭古城、中流砥柱、邦杰塘草原等景区景点。

巴松措湖心岛上有西藏红教古寺错宗寺，至今已有600多年历史。“错宗”是湖中城堡的意思。据《错宗圣迹指路明灯》介绍：“藏东工布地区的三岩之地，为天竺僧人莲花生大师在公元8世纪开辟，是佛教教密宗事部文殊菩萨、金刚手、观世音迦持过的圣地，是昔日格萨尔王降魔的地方和三岩空行母云集之宫”，这古老的传说也使三岩之湖——巴松措闻名遐迩。

骑行第21天。工布江达——金达镇——加兴乡——松多。97km。

千年沧桑的小镇

一早起来，魏涛和老罗跑工布江达县城吃早饭。我懒得动，问拉姆是否还有昨晚剩下的面块，拉姆说还有。于是热了热，吃了一碗。

这一路遇到的藏民都非常友好，而德庆拉姆是我遇到的最好的一位。没来之前，别人给我的那些恐吓，其中一条是藏民对汉族人如何不友好。但经过路上的短暂接触，发现他们没那么多的心思。他们简单淳朴，有着自己的信仰，也很容易相处。至少我遇见的藏民是这样。

出了工布江达，继续沿着美丽的尼洋河爬坡前行。河水随着地势的升高逐渐湍急起来。一个多小时后来到挺立河中的“中流砥柱”面前。这是“飞来”的一块巨石，方方正正地立在河当中，不知被江水冲刷了多少万年。从巨石的缝隙中长出了许多野草和灌木。虽然它们是“飞来”的种子，但靠着脚下的那一点点泥土还是顽强地长出这小片翠绿。

途经一座木桥，桥的两头各有一座碉楼。碉楼的墙是白色，碉楼的上部围了一周的绛红。桥上鼓动的风马，被岁月吹破了形状，吹淡了颜色。

这里的山格外雄奇，嶙峋巨石中，杂生的草木十分旺盛。

骑过一块山寨的K4444，看不出原来的数字。真正的K4444里程碑也已被前辈骑友们涂满。里程碑上还涂了一个画圆圈的“拆”字。

晚上7点30分到达松多小镇。

所谓的镇其实就是一条街。镇虽小，两旁的饭店却很多，自驾游的人基本在这里解决。这里最著名的松多乡村温泉，水质清澈，水温常年恒定在49度，含有多种矿物元素，对人体非常有益。松多乡村温泉同时将经营骑马、射箭、藏式林卡，并提供美味可口的牛羊肉特色餐。

我们正找着客栈，一场风雨突如其来，赶紧跑到就近的一家藏式旅馆。同样是藏式房子，条件比起拉姆家差太多了。已经越来越不讲究了，脏兮兮的床铺照样睡得香。

商贾云集、往昔繁华的太昭古城位于318国道旁，地处工布江达县城西面，距县城20公里。未入太昭城，镌刻有“太昭古城”的牌坊先入视野，高大挺拔的背后是厚重与深邃。跨过吊桥，置身古老的民居，视线穿过驿站城门，把思绪拉到历史深处，太昭曾经的繁荣涌现出来。

当时太昭称为江达，人口众多、市镇繁华、店铺林立，有著名的小八角街和四座香火鼎盛的庙宇，并设有旅馆、饭店、金银加工店、裁缝店等，藏、汉、回等民族和尼泊尔客商来这里经商交易，各地的商品也能够顺畅流通，当地藏族甚至开始与其他各民族通婚。太昭成为当时西藏的重要商业文化中心。清末民初，江达更名为太昭，与雪卡宗、角木宗、孜拉宗等三宗，一同构成著名的“工布四宗”。

相传当年松赞干布迎娶文成公主回来时，路经此地天降大雨，松赞干布拔剑削山，让文成公主在此避雨。因大雨连降数日不停，文成公主分外思念家乡，于是命随行工匠在山洞内刻下唐王画像，又刻下经文、佛塔、佛像，向上天祈求大雨早点停息，自己能早日到达拉萨；同时，也祈求上天能够保佑唐王身体安康，国家繁荣昌盛。古道经过的山也名藏经山，山上刻有许多藏文，并涂了朱红颜色，这些藏文绝大部分是六字真言“嗡嘛呢叭咪吽”。

骑行第22天。松多——米拉山——日多——墨竹工卡。101km。

翻越米拉雪山

骑友们在今天开始分成两种进拉萨的方式。一种是像柄志那样一气呵成，翻越米拉山，长趋160公里直奔拉萨；另一种就像我和魏涛、老罗这样，慢慢骑，分作两天，今天100公里到墨竹工卡，明天60公里轻松到拉萨。

出松多向米拉，这27公里的山路蜿蜒直上。蓝天衬托着白云，金阳掺和着秋风。骑行辽阔，寂寥骑行。骑不多会儿头晕乎乎的，又开始犯困，更兼浑身无力，大腿发酸。吸两口呼一口，让更多的氧气进来，渐渐脑子清醒了。行到路碑4477处，停车小驻，在路碑上垒起座小尼玛堆，默念我的思念与祝福。

还有7公里。这最后的7公里非常累。从山下就看到了将要骑过的7

公里，坡度很大，就跟架起的云梯一般。将档位调到2-1，一圈一圈坚持着。腿很酸，颈椎冰凉，喘息很大，口干舌燥如夏日骄阳下的野狗。

不放弃，才是西藏。既然选择了，再多磨难也要坚持。我固执地认同那句话：只要你认定的就要坚持，否则你就没有机会证明你当初的选择是对的！

现在回想起来也怀疑当时怎么就骑不动呢，不就一个坡嘛。骑不动，真是骑不动。两条腿软绵绵的，全身的力气不知跑到哪去了。骑不动就停下来休息。这段路没有推车，没有搭车，一圈一圈硬是咬着牙将这最后的7公里骑完。

垭口，海拔5013米，没有冰雪覆盖，没有《转山》的大红经幡，

没有电影里的神圣，也没有想象中的庄严。山顶全是游客、小商贩，私家车、大客车，一副热闹拥挤的场景。没有张书豪手中的隆达儿向米拉山顶的蓝天挥洒（《转山》中修炼中的藏族人给他一沓印有经文、图腾的彩纸，然后他在山顶将其散飞），但我看到鲜艳的五色风马扯成大阵，由密集的中间向四周辐射。静默的山，湛蓝的天，大朵大朵的白云。秋风劲吹，五色风马在西藏的风中呼啦啦响。

我默念仓央嘉措的情诗：

那一刻 我升起风马 不为乞福 只为守候你的到来
那一天 闭目在经殿香雾中 蓦然听见 你颂经中的真言
那一日 垒起玛尼堆 不为修德 只为投下心湖的石子
那一夜 我听了一宿梵唱 不为参悟 只为寻你的一丝气息
那一月 我摇动所有的经筒 不为超度 只为触摸你的指尖
那一年 磕长头匍匐在山路 不为觐见 只为贴着你的温暖
那一世 转山转水转佛塔 不为修来生 只为途中与你相见
那一瞬，我飞升成仙，不为长生，只为佑你平安喜乐

单车追逐风马，一直追到这海拔5013米的米拉雪山。在这苍苍茫茫的高山之颠，我渴望听到神女的声音。

下山下得生猛，一路狂飙。风在耳边飒飒，车轮呼啸，摩擦着柏油路的硬质皮肤发出嘶嘶的叫声。阳光很灿烂，风很凉。

“回首叫，云飞风起。不恨古人吾不见，恨古人不见吾狂耳。”回首那经行之处，连绵的山，空旷的野，灰白的路，青绿的高原苔藓，还有那令人心醉的蓝天白云以及令人心敬佩的工人。风景越美越孤独，识人越多越寂寞。说再多的话都是多余，我只需要一个窒息的拥抱！

举起相机，从方正的镜头里看着骑友们一个个无声地滑过，挥手的挥手，竖大拇指的竖大拇指，苍茫中背影渐行渐远。

下山的路很顺，一路下坡加平路，一直下到墨竹工卡。老罗状态突然恢复，肥胖的身体一骑绝尘。不过，后来才知道跑这么快原来是

饿的。老罗下山后四处找不到吃的，一直跑到墨竹工卡才吃上了一顿水饺。饿就是吃货强大的驱动力。

今天的天蓝得眩目，白云变幻如同梦中的奇景，只能赞叹再赞叹。

马上要到拉萨了！

墨竹工卡县，藏语意为“墨竹色青龙王居住的中间白地”，位于西藏自治区中部、拉萨河中上游、米拉山西侧，隶属于拉萨市。东邻林芝地区工布江达县，南接山南地区桑日县、乃东县、扎囊县，西毗达孜县、林周县，北连嘉黎县。墨竹工卡县有松赞干布出生地甲玛景区、距今850多年历史的白教代表直孔梯寺等人文景观，有德仲温泉、日多温泉、思金神湖等享誉区内外的自然景观。同时，墨竹工卡也是阿沛·阿旺晋美的出生地。

缓步进拉萨

来往的藏族孩子挥手打着招呼："Hello！扎西德勒！"

打开王菲的《心经》："观自在菩萨，行深般若波罗密多时，照见五蕴皆空。度一切苦厄……"天后舒缓的天籁之音如同眼前缓缓流淌的拉萨河。

拉萨已近在眼前。

越近心里反而越平静，甚至想将这过程停下来。美丽的格桑花向着蓝天开放，快要成熟的青稞颗粒饱满。金阳送暖，晒在身上暖洋洋的；微风轻拂，拂起了我的衣角。影子印在地上，了无痕迹，也看不到任何表情。阳光在后，背影在前；往事在后，圣城在前；肉体在后，灵魂在前。

前面有位骑友推着车，以为他在欣赏天上的白云苍狗，一问才知道是中轴坏了。

“墨竹工卡修不了，只好到拉萨去修了。”

“那你就这样推着？”我问。

“只好搭车了。”想想这最后的路程要搭车，真是有点遗憾。

“需要水和食物吗？”想到自己包里还有吃的。

他接过一些吃的，向我报以感谢。

还有最后的20公里。

下午2点30分，看到前方一块蓝色路牌，上面用白字写着：拉萨600m，布达拉宫6km。远远地看到了红白两色的布达拉宫，不自觉得骑速加快。脚下快蹬，骑到拉萨桥，明知故问地向交警打听怎么进拉

萨城。

等着魏涛跟上来，向着布达拉宫直冲过去。

没去理会拉萨城跟内地的城市有什么区别，眼睛只盯住布达拉宫。拐了几条街道，布达拉宫全部展现在我的面前。

从半山托起，石砌白墙，绛红色的宫殿。

雄伟、肃穆、庄严，瞬间让我拜服。

这是西藏，这是拉萨！

现在，我就站在她的面前。

脸上挂着激动狂喜的笑，心里却流着平静的泪。

人总是以误解当理解，一旦理解，旋即误解。

不放弃，才是西藏。

7月17号踏上去昆明的火车，22号从大理开始骑行，历经24个日夜，骑行2000公里，像只跛脚的骆驼，一圈圈一步步，用我的坚持和虔诚，一点点缩短着与拉萨的距离。此刻，我终于站在了她的面前。

2011年冬天埋下的西藏之梦，报以这样一种方式——单车而来，单身离去。那曾经的梦想还会继续吗？我不知道。面对真实而又虚幻的布达拉宫，感情复杂，没有更多话语。

荷花打来了电话，说她在大昭寺后面的白骏马客栈订好了房间。

又见到了荷花。飞来寺一别数日，荷花一身尼泊尔打扮，笑盈盈地立于午后的大昭寺广场。经过这一路的颠簸与洗礼，除了不白如故，更加美丽有韵味了。

布达拉宫位于拉萨市区西北的玛布日山上，是一座宫堡式建筑群，最初是吐蕃王朝赞普松赞干布为迎娶尺尊公主和文成公主而兴建。于17世纪重建后，成为历代达赖喇嘛的冬宫居所，为西藏政教合

一的统治中心。布达拉宫的主体建筑为白宫和红宫两部分。整座宫殿具有藏式风格，高200余米，外观13层，实际只有9层。由于它起建于山腰，大面积的石壁又屹立如削壁，使建筑仿佛与山岗融为一体，气势雄伟。

布达拉宫宫墙内的山前部分叫作“雪城”，分布着原西藏政府噶厦的办事机构。此外还有作坊、马厩、监狱等宫廷辅助设施也都设在这里。宫墙内的山后部分称做“林卡”，主要是一组以龙王潭为中心的园林建筑，是布达拉宫的后花园。五世达赖重建布达拉宫时在此取土，形成深潭。后来六世达赖在湖心建造了三层八角形的琉璃亭，内供龙王像，故此称为龙王潭。

骑行第24天。拉萨。

穿行在圣洁与世俗之间

身心一旦放下，疲倦汹涌而来。

荷花领着到了白骏马客栈，很干净，正好还有个双人间。让我们先休息，说有时间一起逛街，她就住隔壁的隔壁。这一躺下，就是昏天黑地。累，一直绷着的弦仿佛拉到了极处，一松下来就跟煮熟的面条挑在筷子上一样完全耷拉了。

骑行到了拉萨，剩下的时间哪也不想去。布达拉宫除了白天在外面看就是晚上看外面，还没有进去瞻仰的念想。本来还想去诗遥推荐的纳木措，却提不起脚步。我想，这么神圣的地方还是留给下一次的骑行吧，包括拉萨的其他地方，我会慢慢来朝拜。这次的目的只是拉萨，至于到了拉萨后要做什么我还没想好，现在最重要的就是补觉。

日光城果然不是浪得虚名。第二天起来，阳光穿过冰凉与干净的空气，将阴与阳、冷与热分得格外清楚。这种灿烂是种透明，有刺痛感，让你分明地感觉到金灿灿才是太阳的光色。

大昭寺坐东朝西，阳光正从背后射来，广场上的人被拉成了细长的瘦子。寺院的院墙以大量的白为墙色，上围再涂以喇嘛红。画有各种吉祥图案的帷幔悬挂于房檐之下，其上是金碧辉煌的金顶和金灿灿的雕塑。白墙上有三排窗户，最上两排的窗棂以金黄为主，玄黑勾画窗户四周，与洁白的墙面形成鲜明对比，很是显眼。风格最特别的是最底下的这一排，据说这就是著名的艳遇墙，如若配以艳若桃花者，那就完美了。

前去大昭寺拜佛的人排起了很长的队伍，我也挤在其中，警察看了我一眼就走了。听说只有藏民才免费，我就这样灰溜溜

地退出队伍。

藏民心中素有“先有大昭寺，后有拉萨城”之说。大昭寺，又名“祖拉康”“觉康”（藏语意为佛殿），是一座藏传佛教寺院，始建于唐贞观二十一年（公元647年），是藏王松赞干布建造。

拉萨之所以有“圣地”之誉，与这座佛像有关。寺庙最初称“惹萨”，后来惹萨又成为这座城市的名称，并演化成当下的“拉萨”。大昭寺建成后，经过元明清历朝屡加修改扩建，才形成了现今的规模。

大昭寺在拉萨具有中心地位，不仅是地理位置上的，也是社会生活层面上的。藏民的生活中有一项非常重要的活动就是转经，而在大昭寺这里有三大转经路线之一。拉萨的转经线路有三条：第一条是内环线。环绕大昭寺主殿觉康一周，长约500米； 第二条是中环线。沿八廓街环绕大昭寺一周，全长约1000米。藏语“八廓”是中环的意思；第三条是外环线。沿林廓路绕拉萨老城区一周，全长5000米。藏语“林廓”是外环的意思。

转经者早早就开始了这一天的转经活动。转经人，无论男女老幼，一脸虔诚，没有丝毫的不恭和懈怠。还有围绕转经线路磕长头者，有个中年大个子的喇嘛，也不知磕了多少长头，额头的痂又厚又硬；还有个孩子，身上很脏，眼睛却非常清澈，手中的木头护垫敲击出的声音十分脆亮。

加上外来的游客，转经的人越来越多。游客也学藏民往桑炉里煨桑，燃起的煨桑堆里有松柏枝、糍粑等物，清香舒适。广场上围了圈人，凑过去一看原来是一位老人在往众人手里洒水。偌大的一个壶，从里面洒出淡黄色的水，众人伸出手来接。我也不知是什么水，伸过去接了点水洗了洗手。旁边有个美女导游说这是圣水。看来洗这双破手是糟践了圣水，我学着她，接了水在额头和腮上拍了拍，脑补了一下用圣水洗脸越来越帅的画面。

几个藏族老人在冲着一间小房子叩拜。我扒着窗户往里看，里面是几千盏酥油灯。小火苗跳跃着，万劫不灭。

阳光渐渐上来，八廓街越来越热闹，林立着的那些商铺和露天小摊也迅速拥挤起来。商品琳琅满目，游客川流不息，我和魏涛跟着荷花开始四处淘货。我们只是跟着看，荷花是在认真地淘，她提前来的这一周已对各个摊位了如指掌，知道哪里的货好还便宜，这真是女生的强项。更强的是她已经开始了在拉萨小倒小卖。从八廓街批发再跑到布达拉宫广场去卖，一晚上下来也小有收获。赚钱倒是其次，图得一乐。

这些世俗的欢乐与宗教的虔诚日复一日年复一年地在大昭寺周围上演。然而卖家和买家的讨价还价，艳遇墙下的风花雪月，以及来回巡逻的武警，并没有将这里肃穆的气息削弱丝毫。转经者一圈一圈地绕着大昭寺转，磕等身长头者已将身下的石板磨得光滑，只要还有一位信徒在，光明的酥油灯就不会熄灭，拉萨的时光就是穿行在信仰与世俗之间。这是一种生活方式也是一种活泼的信仰，这是一种属于平凡生存者最理想的状态。

没来拉萨之前，最吸引我的是中国的园林式建筑和那些小桥流水的古镇。那种古典的幽静和淡雅让我既有一种归属感又有一丝的孤独和无端的惆怅。对那些地方特别有感情，如果有前世的话，我一定在这样的地方生活过。比如乌镇，是被刘若英和黄磊的《似水年华》牵引着去，那里的气氛深深地感染了我。后来，我去了大理、丽江和香格里拉等古城，如今骑单车来到拉萨这个地方。也许我也试图穿行在自己的信仰与世俗之间吧。

能够华美地穿行在宗教和世俗之间，可能也是诗僧六世达赖仓央嘉措向往的生活：住进布达拉宫，我是雪域最大的王。流浪在拉萨街头，我是世间最美的情郎。

可那“不负如来不负卿”的两全法，世间何曾有呢？

雪
顿
节

八月雪顿节

雪顿节是西藏最隆重的节日，我们有幸赶上。

雪顿节相当于汉人的春节，活动很多，第一个活动是晒佛。我们今天要去看的就是晒佛。

6点半起床，坐25路公交。与达超相约去看晒佛，因故没能遇上。

公交车上的人太多，车厢中充满了藏民的气息。对这种气息从排斥到喜欢，直至自己身上也沾染。车厢里几乎见不到汉人，藏民脸上洋溢着快乐，老太太们尤甚。

下了车也不知还有多远，跟着人群向前涌动。藏民们面带虔诚，或摇动转经筒或掐着念珠，年轻人即使打扮时尚也不例外。到了山下，人群分作两批，一批继续前行，一批往山上爬。我们以为爬到山上看得清楚，跟着也往上爬。找块平坦的地方坐定，拿出干粮来啃。

那批前行的人还在向着村落里继续前行。远远看到山间有块巨大的白幕，白幕上好像有大幅的画在慢慢展开。先前以为能在山上看到晒佛，现在看来是太远了。魏涛在山上观望，我顺着山路汇入前行的人群。

穿过村落，先是水泥路后又沿着石阶，人都挤成了团。走也走不动，周围的藏民手摇转经筒，一路念着六字大明咒，并不急躁。抬头看看哲蚌寺的白墙和彩绘窗檐，再看看桑炉飘出的霭霭烟雾，浓烈中有股清香。宁静和热闹并不矛盾，宁静在内，热闹在外。

去年和祥龙曾参加过上海静安寺的浴佛节，也是人山人海。等着浴佛的队伍半天见不到挪动，虔诚的佛弟子不急不躁双手合十，在排队中静静地念诵着佛号。

山腰有三块圆形巨石，各有一幅彩色唐卡，不知画的是何方神

圣，不敢妄加评论。巨幅佛像唐卡已全部展开，中间是跏趺而坐的佛祖，神态安详。周围是各大弟子及众菩萨，或结手印，或持宝物。整幅唐卡颜色鲜艳，气韵生动，仿佛要飞出画卷一般。

瞻仰队伍从佛像的左侧顺着石阶向上。经过佛像时信徒们纷纷敬献洁白的哈达，哈达从佛祖身上滑落到脚底，喇嘛们在下面一袋一袋地收集。我没有哈达可献，从地上拾了一条腆着脸呈了上去，许下了祝福。

到达画卷的顶部后，从搭起的帐篷下穿过。鲜艳的五彩风马轻轻飘动，风马下面，喇嘛们吹起了大长号，低沉、浑厚，有庄严肃穆之感。这大长号的藏名叫“筒钦”，若非经过特殊训练，想吹响它还真不容易。

下山的路上有几个藏族青年在唱歌，虽然听不懂，但同样抚慰心灵，很动听。

雪顿节又叫酸奶节，在藏语中，“雪”是酸奶的意思，“顿”是“吃”“宴”的意思，雪顿节按藏语解释就是吃酸奶的节日。又因为雪顿节期间有隆重热烈的藏戏演出和规模盛大的晒佛仪式，所以也称之为“藏戏节”“晒佛节”。

雪顿节起源于公元11世纪中叶，由于夏季天气变暖，草木滋长，百虫惊蛰，外出活动难免踩杀生命。出家人心怀慈悲，戒律规定藏历四月至六月期间，喇嘛们只能在寺院关门静修，这称为“雅勒”，意即“夏日安居”，直到六月底方可开禁。待到解制开禁之日，老百姓为了犒劳僧人，备下自酿的酸奶，为他们举行郊游野宴，并在欢庆会上表演藏戏。这就是雪顿节的由来。

生如夏花

寂寞是什么？觉迟说过，寂寞是你的所有作为掉进一个无声的世界，任你哭，任你笑，这个世界没有一点点回音。其实这还不是最大的寂寞，最大的寂寞是你曾经听到过这个世界的美妙回音。

黄昏大昭寺，转经的人络绎不绝。

我随着转经的人潮顺时流转。

黄铜转经筒转动，发出沉闷的声音。

转经，为信仰？为谁祈祷？又为谁磕下长头？

虔诚。肃穆。喃喃自语。

唵嘛呢叭咪吽。

夕阳将转经人的身影拉至细长。细长的身影交错，晃动，一律的灰黑色。

磕长头者站立，匍匐，五体投地在油亮的青石板上，双手在脑后合十。

那些磕长头者皆是我的化身。

每次磕长头，都延长五体投地的时间。手向前伸，额头贴紧青石板，随着呼吸将身体一层层放空。

独坐大昭寺石阶。石阶光滑，白天阳光炽烤后的那些暖一点点烘上来，形成一股真气，从下至上，暖过肚子，暖到心里，头有了一种晕乎乎的感觉。

“你磕长头的姿势很好看。”

侧身，一位长发女生微笑，刘海汗涔涔的。

“谢谢。”

这是在我前面刚磕完长头的女生，可能累了，坐在石阶上休息。每次来都能遇到胸部丰满的她，从没打过招呼。

“你天天来。”

“嗯。”

长时间的沉默。我看着我的那些化身出神。

一位藏族老妇磕完头，擦擦汗，坐在了我的身边。

我微笑着合掌。老妇微笑着点头喝水。

“我教你念六字大明咒。”老妇把水壶往地上一放。

老妇人教一句，我学一句。一句一句教完后，又连起来教了一遍。

“唵嘛呢叭咪吽。”

“唵嘛呢叭咪吽。”

“心乱时可以念。”老妇人微笑着拍了拍我的后背，站起身摇着转经筒走了。

“你念诵经文的声音也很好听。”

“是吗？”

“嗯。”她肯定地点点头。

“你愿意听听我的故事吗？”她低着头沉默了好一会儿，突然这样说。

“为什么要说给我听？”

“直觉。”

“不愿意听。”我是很任性的。

女生抬起头，别上枚银色发卡，眼睛盯着我，牙咬下唇。她的皮肤白净细腻，大大的眼睛画着淡淡的眼线，神色迷离。不丑，也算不上太漂亮。

“这是我第二次骑单车来拉萨……”她没有理会我的拒绝自顾自地说起她的故事。

她来自南京，开学后读大三。名字就叫绛云吧，这是她的网名。据她说骑单车进拉萨纯属偶然或者是一时冲动。

“为什么要来西藏。”我问。好奇心呐，好奇心！

“不为什么，就是想来。”

“你一定有来的原因。”

“那你为什么来？”她明显调起了我的好奇心，居然反问起我来。

“……”

她没有跟我说具体的原因，但对于那些如我一般骑车进藏者大概能猜出理由，就是那种突然而来的冲动让她昼夜不安地想上路。

绛云没有跟家人说，去年暑假一人从丽江开始了她的单车骑行拉萨之旅。路上的艰辛超出了她的想象。

“后悔来吗？”

“你后悔来吗？”她咬着下嘴唇微笑着反问我。

我笑笑没有回答。

她又自顾自地说，才到书松就感冒带发烧得下不了床。大把大把地吃着退烧药，也幸亏客栈老板娘把热饭直接给她端到床前。第二天来了一队骑友，竟然是她学校自行车协会的。看她可怜兮兮的样子，领队除了把她大骂一顿说她冒失以外，问哪位愿意留下来照顾她。

“他说冲我这份敢来的冲动也愿意留下来，帮我实现骑车到拉萨的梦想。”

“于是你们之间就有故事了。你喜欢上他了，他喜欢上你了。然后你们又分手了。老套的故事！”我不愿意听这些故事，所以不打算去配合她的表情。

白了我一眼，她又沉浸在自己的回忆里。在书松又过了两天她的感冒才无大碍。她对他的照顾并没有感激，因为她不需要这种生活上的照顾。只觉得抱歉，耽误了他的行程，所以绛云建议搭车去跟前面的队伍会合。他不愿意搭车，说这是他此行的原则。

“后来他才跟我说，其实他是想跟我多一些单独相处的时间。”

早就听说过318国道上的浪漫故事很多，但她的故事好像不是个喜剧，她的脸在叙述的过程一直很阴郁，即使说到一些开心的事，也是浅浅的笑容一闪随即又蒙上一层淡淡的伤感。看她这样，我不禁收起了刚开始的漫不经心，静静地听她诉说。

人有时非常需要倾诉对象，更多的时候选择说给陌生人听。绛云平时在同学之间话就不多，有人说她很有心计，有人说她很单纯。其实她只是内心孤寂，缺乏安全感罢了。那天她偶然看了场关于西藏的摄影展，西藏天空那种圣洁的蓝，蓝天下那些飘动的五彩风马以及黄昏里的尼玛堆让她产生了一种非常强烈的皈依感。

她说，第一次看到那些大幅的画面就有一种头皮发麻灵魂出窍的感觉。我点点头，说我理解这种感觉。

“孤独，所以想进藏。”

“对的。孤独其实是我进藏的第一冲动。”她又对自己说了一遍。

孤独，这也是我曾遇到的骑友进藏最多的理由之一。孤独而来，结果进藏后发现自己越发的孤独。其实这一路下来我体会到孤独并非坏事，人生的许多思考正是在孤独中深入。

至于单车进藏，她说她喜欢那种单人单骑行走雪域高原的苍凉与孤独。

她突然有些哽咽，说本想独自享受孤独，突然多了他作伴，从开始的不适应与抱歉到后来越来越深入的交流，她陡然之间觉得他是如此熟悉。

“他说的那些话就像是我要说的一样。他好像知道我的思维。我不知道为什么会在这里遇到他。”她抬头看看我，似乎想从我这里得到答案。

可惜我也不知道怎么回答她。

“这一路有了他的陪伴，过得非常轻松愉快，我看到了最美的西藏，我这样认为。激动流泪时，有一个跟你一样激动流泪的人，这是一种什么感觉？”她激动地说着，好像我是他们相爱的见证人。

“有时身边越是有这样的陪伴越是幸福和担心吧。”我终于插进去一句话。

“是。愿意长相守又害怕永失去。我日夜念着他，生怕他突然有一天不在我身边。为了这份相遇与相知，我们相约一年来一次西藏。我们还相约去珠峰，去神湖。但是，这才第一年，他就爽约了。”

我在想着他爽约的原因。

“他死了。”她说，“回到学校后，我们一起整理着西藏之行的照片和日志。然而好景不长，他在此后的一次登山中不幸遇难。”

我没有想到她说的走是这种生离死别的走。其实只要是走了，是否生离死别已经并不重要。

“他最喜欢朴树的《生如夏花》，前一天晚上他还给我唱过。没想到这首歌竟成了谶语。”

有情人难成眷属，呼吸之间已成隔世。这一阴一阳，道路不同，会见已是遥遥无期。

绛云止住泪，双手紧紧攥着，眼睛盯着“大昭寺”那三个字。

“那些我们一路亲手垒起的尼玛堆，那些我们写了一路的对方的名字，这次经过时还在那里，只是这次是我一个人来了。”

我不作声，任她的眼泪默默而又恣意地流，痛苦而又痛快。

寂寞是什么？《酥油》的作者江觉迟说过，寂寞是你的所有作为掉进一个无声的世界，任你哭，任你笑，这个世界没有一点点回音。其实这还不是最大的寂寞，最大的寂寞是你曾经听到过这个世界的美妙回音。

这就是那个美丽而又遗憾的世界，生老病死，怨憎会，爱别离，求不得，五阴炽盛，八苦交集。有人苦于病魔的折磨，有人在怨憎会上深陷，而在绛云与爱的人永远别离。生死将他们分割开来，煎熬如寒冰彻骨般深刻。

我无法安慰她，她其实也不需要别人安慰，这时候有个人能听她诉说就足够了。因为有了这个缘分，我在黄昏的大昭寺听到了她讲自己的爱情。听完以后， 她走她的，我走我的。我听到一个故事，她得到一种宣泄，仅此而已。

“谢谢你听我说这个不好玩的故事。”

“试着再去爱一个人吧。”

“你觉得还可能吗？”

“也许吧。”

“生活中的他人与生命中的爱人不一样。生命之花只开一季。”

“其实如夏花般开过一次也好。生命的一次怒放，即使没有了欣赏者，总比没有过欣赏者要幸福吧。”我的口气很不确定。

“但那种回味会在每个深夜像小虫子一样爬到心头疯狂咬啮。”

绛云定定地看着我。

“也许越到后来你所爱的越是个幻影，你爱的已经不是他而是爱情本身了”，我劝慰着她。

“也许吧。但此生没有了。”

第一最好不相见，如此便可不相恋。第二最好不相知，如此便可不相思。第三最好不相伴，如此便可不相欠。第四最好不相惜，如此便可不相忆。第五最好不相爱，如此便可不相弃……

夜已深沉，青石板上早就生起了凉意。

附：滇藏线骑行攻略

线路图

滇藏线（国道214）+川藏南线（国道318）：大理—鹤庆—丽江—香格里拉—德钦—芒康—左贡—邦达—八宿—波密—林芝—工布江达—墨竹工卡—拉萨

行车线路示意图（滇藏线-川藏南线）：

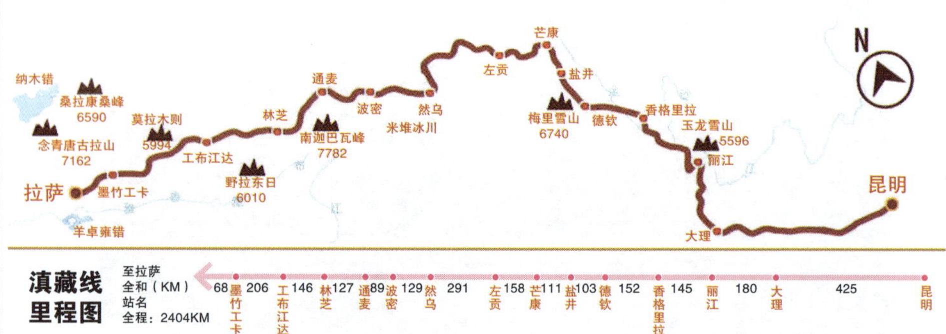

行程攻略

（骑行24天，休整游玩4天，共28天）

小贴士

此攻略结合了我自身的骑行经历和骑行前辈的攻略。途中住宿和用餐是我们经历过的，因个人口味不同，所以没有特别推荐。其实这条线吃住都不是问题，关键是自己的心态与意志，要学会自我解嘲，自我鼓励，特别是要学会自我温暖，乐观看待问题。

海拔不一定特别准确。每日的行程请自觉上浮5～10公里。如果觉得某天的里程数太短可以两天并作一天走，但要量力而行，更不要以走夜路来争取时间。行程中的休整可以根据个人情况，如果觉得某个地方或某个人吸引了你，可以多留一天，或者长时间甚至永远地留下来。

天有不测风云，路有今昨变化。昨天还是好路，今天可能经雨后就被塌下的碎石挡住。莫怪，莫骂（骂人会高反，会缺氧……），心平气和，省下宝贵的力气来爬坡吧。

路会越修越好，但跋涉于烂路也是种难得的体验，也许会碰上更壮丽的风景，特别是回首走过的路时，那种成就感会让你内心充盈。

昆明大理

大理的“风花雪月”因四季不同、时间短促难以四美聚齐，择一而玩赏即可。其实看什么样的风景并不重要，重要的是看风景时的人和心情，全身冻透地跟志同道合者看一块断壁残垣照样可以看出“风花雪月”来。

可晃荡在大理古城，以清晨与夜晚最佳。到了饭点可以去一然堂吃素食。如果有时间也可以在此处当一名义工；可环洱海，在国院赛道做些针对性训练；可登苍山，置身云海，体会白云生处的神仙生活；可到崇圣寺，燃一支檀香，祈下一个愿；可到鸡足山拜见迦叶，结些善缘。

大理—西邑（海拔2350m），79km，总里程79km

出上关，走大丽线，一边是苍山一边是洱海。不停地上下坡，以上坡为主，下坡为调剂。翻不知名的山，穿行云海，呼啸山林，风雨与风景并行。

西邑（海拔2196m）—丽江（海拔2416m），90km，总里程169km

好路直达丽江古城。

丽江客栈多的是。住在古城里贵了点，但感觉不一样。

我们曾在汽车西站住过一晚，40块。这个世界良善之人居多，曾以为在车站介绍我们住宿的大姐会坑我们，实际却让我们惭愧。害人之心不可有，但把防人之心常放心里的人，怎么玩都不会痛快。

云南网吧管理严格，不光要看身份证，还要在网上注册。

丽江

逛丽江古城。

束河古镇也不错。

逛古城不要怕人多，要有一种旁若无人的姿态。不要烦躁，不要挑剔，出门在外大可不必太过娇气，要学会适应环境。不过，这一路有牛人曾28天不洗澡，已到人神共怒地步，他却有一种忘却自己的自在。

可以在此处当义工，白吃白住交朋友。如果没有女朋友，可在丽江寻觅寻觅。找到了是缘分，找不到就换个地方继续找。

此处可玩的地方很多，请自行百度。

特别感谢：Alex在束河古镇开了家“骑兵营骑行俱乐部”，他是澳门自行车运动员，人特别好，会给你些很好的骑行建议与强有力的支持。

丽江－石鼓－虎跳峡（海拔1853m），总里程254km

石鼓长江第一湾，途中可眺望拉市海。看长江第一弯要爬上旁边的小山坡，可惜我们没去。

虎跳峡－小中甸－香格里拉（海拔3350），总里程361km

夜宿宝山，听着冲江河水入睡，第二天赶去小中甸。

小中甸又名小香格里拉，一改名就成了众人的世外桃源,其实世外桃源是一般人无缘到达之处，开发出来的只是桃源而少了“世外”二字。

小中甸可停留，享受在望酥油茶，月亮湖、温泉、花海。更多美丽的地方可以问美丽的珍珠卓玛。

今天骑行辛苦。这是适应高原骑车的第一天。

从虎跳峡出来约12km就是40公里爬坡，然后是近60公里起伏路面。骑到后来，你的眼前会出现据说是滇西北最美丽的藏区草原。的确很美，但我们在小中甸去泡温泉的路上看到的更美。美，总在常人不可知的地方。

从小中甸到香格里拉38公里下坡之后，路况没得说。

虎跳峡镇有饭店，但价格高。

我们住在融聚客栈，一晚上40块。独克宗，已烧毁！

香格里拉—书松（海拔2910m），110km，总里程471km

今天很累。今天会有多段烂路，下雨后更难走。看到水坑要绕行。绕不过去，要先扔块石头试试深浅，或抽支烟坐看你前面的骑友骑过去的后果再定夺。

出香格里拉上个2km小土坡下去至盆地平路（可远眺归化寺），上山6km至山口可见纳帕海及中甸机场，然后一路贴着纳帕海走。19km后到另一个山口（海拔3615m），下坡到尼西岔口，再继续急下坡到上桥头村。16km沿金沙江起伏缓上至奔子栏，到伏龙桥过江，再沿江沙石路到奔子栏（海拔2240m）。到东竹林海拔2910m。出奔子栏上山15Km到白马雪山牌坊，起伏8公里到书松住宿。

注意注意：看到白马雪山牌坊不要以为快到书松了，后面的路不好骑。原来攻略上说的最后的8公里起伏我只看到起没看到伏。最后的这块路特别累（真心感觉）。

书松（海拔2910m）—白马雪山（海拔4210m）—梅里雪山—德钦（海拔3315m）—飞来寺，92km，总里程563km

让我崩溃的白马雪山。92公里的行程，上坡大约有48公里，很辛苦。

出滇藏驿栈十几公里烂路。全陡坡上山33km至白马雪山第一垭口（海拔4335m），下3km上4km至第二个垭口，下3.3km 上3.7km至第三个垭口（海拔4380m）。22km下坡4km上坡至梅里雪山迎宾台（里面有13个白塔代表梅里十三峰，运气好的话可以在这看到梅里十三峰，祝你好运）。8km柏油路下坡至德钦。再缓上山11公里土石路便是飞来寺。

如遇大雨随后肯定是大雾，下坡小心，降低速度。下面是悬崖，摔下去可能半天听不到“啪”声。不要一时冲动做了山鬼。

从德钦到飞来寺的路很烂，大坑套小坑。

飞来寺休整

梅里面前看日出、日落，看云、看光线。运气好的话可见日照金山（日出）。

如果有时间可以在此处多休整休整，拿出三天的时间徒步雨崩。朋友陈强进去过，说那个地方很原始，非常值得去。

飞来寺—盐井（海拔2640m），107km，总里程670km

今天进藏，买好啤酒庆祝。

下坡30公里至阿东乡，然后27公里起伏至佛山。过佛山一段无信号。沿澜沧江起伏到滇藏分界处。214线1760km，此处无信号。

进藏了。沿着澜沧江开始爬坡，到盐井海拔2735m。快到盐井有7公里上坡，一定要预留体力。

进盐井有安检。

盐井（海拔2640m）—芒康（海拔3875m），111km，总里程781km

因骑行时间问题，这段路我们是搭过去的。这段路只有达超有发言权。今天一定要注意安全。早起，从盐井到芒康都是水泥路。

出盐井镇路口路险，大部分一边山壁一边悬崖，先有1.2km的上坡路到海拔2800m的山口，然后9.5km的下坡路到海拔2655m，之后就一直42km上坡到红拉山口（海拔4250m），坡度比白马雪山略缓。其间先在澜沧江河谷蜿蜒而上，在到达九道班之前就见不到澜沧江了。九道班过后10多公里就能在路的左侧看到远处连绵的雪山，应该就是红拉雪山了。红拉山口过后下坡的路较陡，路况不如上山。约有15km

的下坡路，一直降到海拔3605m。然后就沿着一条小河进入平坦的河谷地带，两旁村庄不断，一派农区景色。一直缓上坡到芒康（海拔3905m）。

此段路程如果一天走完，需连续上升1500m，经短暂的下坡，还有45km的平坡（含上下缓坡），一路景色赏心悦目（芒康菜市场有一家自行车配件店），可分两天走。

芒康(海拔3875m)－拉乌山(海拔4338m)－竹卡大桥（澜沧江，海拔2640m)－如美（海拔2650m)，约50km，总里程831km

如美一般半天可以到达。

今天路况不好。出芒康的一段路相当不好，全是大大小小的石头，红土，上坡。海拔上升下降较大。前12km翻拉乌山口(海拔4338m)，后35km全是下坡，海拔降1700m。特别注意，公路沿澜沧江的下坡较陡，在拐弯时还是应当放慢速度小心通过，活着才是硬道理！然后就是奇烂的路，全身颠散。下到谷底后沿江不远就是澜沧江大桥（竹卡大桥）。过了澜沧江大桥转个弯就可以看到如美。

如美住宿虽不多，但好歹能住下。如果不累，前面再上山是有名的教授客栈。

如美－觉巴山(海拔3930m)－登巴(海拔3440m)－吾宗村—荣许兵站，70km，总里程901km

路况不错。翻两座大山会比较累。

约行25km翻觉巴山(海拔3930m)，先是8km缓上到达觉巴山脚的小村庄，然后12km上坡到达移动基站，前面不远能看到K3501的路碑，最后还要继续4km的上坡到达垭口。下山11km再爬坡4km至登巴。过登巴16km到达吾宗村再往前10几公里到荣许。

荣许兵站—东达山(海拔5008m)—左贡(海拔3877m)，60km，总里程961km

路况虽不错，路线海拔高，骑行艰辛。

27km翻越川藏线两座5000m以上的大山之一的东达山。前17km路段是海拔四五千米的高度骑行，缺氧的感觉会越来越明显，注意控制呼吸节奏，吸两口呼一口，如遇逆风或天气突变会显著增加困难，不可小视缺氧，应有心理准备！死亡只在呼吸之间！

骑行会非常累，如果太累可推车前行，坚持，坚持，意志力非常重要。

东达山山顶标示海拔5008m，8月去时山上有积雪。天气变幻莫测，气温比较低，几乎每天都要刮大风，经常下雨下雪。

下山特别注意检查刹车，多穿上些衣服。下山25km到达山脚，然后还有11km的柏油路缓下到达左贡。

左贡(海拔3877m)—田妥乡—邦达(海拔4120m)，110km，总里程1071km

今天的110公里看起来不少，但路况总体不错。坦途大道沿着玉曲河一路向北。平路加短上坡、短下坡。今天的路也没有什么惊险可言，稍微危险的路段，已经被护桩围住。65km到田妥乡，有饭馆可吃午饭，后面还有45km。最后一个小上坡到克色村后，远远的就可以望见邦达镇。邦达是个小镇，川藏南北线的交汇点。在镇上可以看到明天将要翻越的业拉山（没注意）。

邦达(海拔4120m)—业拉山(海拔4618m)—72拐—怒江(海拔2740m)—八宿(海拔3280m)，97km，总里程1168km

出了镇就开始爬山。路是好路，就是来回绕。

在K3701可以看到正前方第二个垭口（K3707）。13km的辛苦骑行到业拉山垭口。垭口海拔标高4618m，山上很冷，风大。

72拐号称中国十大死亡公路之一。下山路足有20km，坡陡弯多且急。《转山》在此取景。这段路现在修得太好，要特别注意速度，转弯时减速到20以下。一定要小心！下山前要对车况做个检查，检查刹车、车螺丝，特别是后架螺丝。控制速度，防止刹车抱死，提防爆胎和后轮侧滑，注意转弯时靠右。

72拐“之”字形下坡路约20km到同尼村（K3729）。接着20km下坡到江边（K3749，海拔2736m），继续4km平坡到怒江桥（K3753）。临近怒江桥时，路边是那栋著名的废弃饭馆，听说还上过中央五套。墙面上涂满了骑行者的留言。

离开怒江桥不远，沿着怒江的一条小支流逆流而上，这一路很危险，路是从悬崖硬生生开出来，途中有几个飞石区，要小心通过。如果下雨，飞石的可能性加大。

从怒江桥到八宿有41km，基本是上下坡，海拔随之抬升。

八宿（海拔3280m）—吉达乡—安久拉山（海拔4325m）—然乌（海拔3960m），91km，总里程1259km

让我吐血的安久拉山！！

全程柏油路，全程都是大起伏。68km缓上坡，骑不到头的68公里！

23km下坡到然乌。

今天会路过K3838路牌，女生一般会飞速骑过，男的则前面拍了后面拍。出八宿县城一个下坡，然后一个长上坡。路边有一个烈士陵园。前行38km后到达吉达乡，可以午餐。

安久拉山垭口并不明显，海子算是安久拉山垭口（K3858）的标志性景点了。

离开海子，开始下山。路是不错。一直走到K3874一个小上坡后，才开始大下坡，植被渐渐变得茂盛起来，山上开始有高大的树木，与山那边完全不同。下山后沿途雪山绵延不断，因距雪山很近，可能会有点冷。然乌沟又险又奇，路上塌方和碎石也很多，路面到处散落着大大小小的石头，需要小心！在临近然乌的时候有长达1公里的川藏走廊。

然乌是一个只有一条街的小镇，由于毗邻著名的然乌湖是很多旅游者的目的地和中转站。镇上有较多宾馆和旅社。住宿较方便，但吃的较贵。

然乌(海拔3960m)—米堆冰川—中坝(海拔3330m)—松宗—波密(海拔2725m)， 132km，总里程1391km

的确，今天很爽，如同穿行在雨林。大部分时间在林间骑行，绝大多数路段为下坡，沿途可见到很多雪山、冰川，安木措湖和帕隆藏布江也在今天的行程当中。

然乌湖的尽头(K3892)开了个口子，湖水决堤似的流了出来，这就是帕隆藏布江的源头。G318就是沿着雅隆藏布江一路向下。

中坝村前行36km是松宗镇。松宗可吃午饭。松宗过后约43km到达波密县城。

今天的路上有米堆冰川。如果想踩到冰川上再回来，大约需要五六个小时。门票50，学生半价。如果没去过来古冰川，这个地方一定要去。前面没有冰川可以爬了。据说，翻过米堆就是墨脱。

中坝后路况很好，柏油路直到波密。今天这一路基本是缓下坡，但也有较多的不太高的上下坡路段。

波密（海拔2750m）－古乡－102塌方区－通麦（海拔2030m），基本都是柏油路，但如果在雨季，可能会遇到塌方，90km，总里程1481km

快离开波密镇时会看到墨脱公路起点纪念碑。今天的路况还是很平整，柏油路从波密到通麦，一路沿帕隆藏布江缓下，有一些小上坡。路两旁是原始森林，大树遮住了天空，景色非常好。

过K4044后空气湿度加大，路边藻类植物多了，遇小雨的机会也多了，大下坡和转弯的机会也多了，控制车速。

K4075是今天唯一的一个S形坡，约2km长，也不是特别难。

K4086处开始为土路，经过著名的102塌方群。部分路面常年水流不断，石头遍地。关于这一段的路况，就要看你的运气了。4km的土路后又开始柏油路面。

今天的这一段路，如果你遇到塌方、断路，都不要太在意。102塌方群年年都有这种事情发生。有武警交通部队的守护，一般要不了23小时，自行车就能过。过了102塌方群又是好路直到通麦。今天路上起伏较多，总体是下坡。通麦海拔仅2030m，是川藏线西藏段的最低点。

通麦（海拔2030m）－排龙－东久－鲁朗（东九林场，海拔3285m），70km，总里程1551km

今天的路，需注意安全！过了通麦1公里，就是易贡国家地质公园的博物馆区，路也变为土路。

过了博物馆就是通麦大桥。一过桥路马上变得奇烂。从桥头可以看到易贡藏布江汇入帕隆藏布江。通麦大桥是架在易贡藏布江上的。易贡藏布江和帕隆藏布江会合后，在下游汇入雅鲁藏布江。

路边有提示：前方14km便道为地质灾害危险区。路变得很窄，路面也会由于下雨变得十分泥泞。上下坡度很大，有的地方只能推行。有时候一个一百多米的上坡就能让你累得全身被汗浸透。路在山腰盘旋向前，边上就是看似能吞没一切的汹涌的帕隆藏布江。十分凶猛！

过桥8km左右会见到长青温泉，过温泉不远有个1km左右的长上坡，极陡极险，只能容一个汽车通过，请注意避让。上坡后远远的就可以看到移动的基站。约10km后到达排龙天险老虎嘴——硬在悬崖上凿出来的通路！

过了老虎嘴0.5km到雅鲁藏布江观景入口（2010年在建），再前行0.5km就到了排龙乡，一个特别小的地方，不过有餐馆和住宿。

过了排龙乡路就开始向上，K4112后烂路结束，这是真正的结束！再往前就全是柏油路了。

过了东久开始上坡，30km一直到鲁朗。

鲁朗有老鲁朗和新鲁朗。鲁朗这一段相当漂亮，特别是藏式小房子，让你有不想走的感觉。

晚餐鲁朗镇解决。鲁朗石锅，味道不错，还可以吃到松茸。强烈推荐。

鲁朗（海拔3285m）－鲁郎林海观景台－色季拉山（海拔4720m）－八一（林芝地区）（海拔2930m），76km，总里程1627km

过鲁郎不久就开始陡上坡了，一直到色季拉山垭口（K4182），约24km。

K4165有个田园风光观景台，往前走，K4175有片开阔地，可以免费停车拍照。

K4182到色季拉山山顶，山顶没有任何标识，只有飘扬的经幡。山上天气多变，请注意保暖，运气要超好的话才可以看到南迦巴瓦峰。

下山28km一直到林芝桥（K4210）的坡都相当陡，虽然路况比较好，但是大部分弯道很急，请注意控制车速，安全第一。继续平下坡4km到达林芝镇（K4214）。

从林芝镇一个长下坡到尼洋河边，下山大概有30km，路非常好。然后一直沿着尼洋河逆上，14km就到八一镇（林芝地区首府），沿途景色优美。

八一是西藏第二大城市。如果你的自行车有问题，可以在八一镇检修一下。

八一（林芝地区）(海拔2930m)－更张镇－百巴镇－工布江达(海拔3440m)， 130km，总里程1757km

从八一出来路况有较多起伏但都不高，路基本都是缓上坡。K4249开始经过一小段森林，路边是尼洋河。这一带是门巴族人的聚居地。

今天35km处到更张镇（K265），65km处到百巴镇（K291）。

可以不进县城住，在距离工布江达6公里的阿沛村有一排非常漂亮的藏式小房子，就在路边。强烈推荐德庆拉姆家。

工布江达(海拔3440m)－金达镇－加兴乡－松多(海拔4288m)，97km，总里程1854km

今天海拔会上升接近1km。43km到金达镇（K4402），65km到加兴乡(K4420)。

出了工布江达，继续沿着美丽的尼洋河前行。今天延续昨天的缓上坡，不过坡更陡一点，河水也随着地势的升高逐渐湍急起来。K4378后进入山区，几分钟后就可以看见挺立河中的“中流砥柱”巨石。

松多兵站附近的路面全部为柏油路。K4444里程碑处可以停留一下，稍作休息。注意也有一块山寨的K4444，别搞错。松多（K4456）是个小地方，当地饭馆旅店很多。

至于住的地方，有家连锁的南方宾馆，住的人多。

松多有温泉，可以去解解乏。

松多（海拔4170m）—米拉山（海拔5013m）—日多—墨竹工卡（海拔3830m），101km，总里程1955km

27km的山路并不难，只有最后的六七千米才有点爬高山的味道。不要小看这最后的几千米，体力不好也足以让你累趴下（趴下就顺势休息一会）。这么高的山会有缺氧高反的感觉，调整呼吸，量力而行。上坡至川藏南线第一高山米拉山口。米拉山口非常美丽，风马飘扬，记得把你的祝福挂上去，请珍惜这最后的一座山！

下坡27km至日多镇的路较陡，都是柏油路。过了日多坡度也有所减缓。日多至墨竹工卡56km。

墨竹工卡（海拔3830m）—拉萨，68km，总里程2023km

这是骑行路上的最后一天了！

墨竹工卡到拉萨是沿着水流极缓的拉萨河前进，路面平坦。路过松赞干布的出生地。墨竹工卡前行47km到达达孜，最后21km到拉萨。慢慢骑。

在拉萨桥头远远就可以看到雄伟的布达拉宫。

装备篇

首先说说装备，虽然骑行西藏装备不是第一位的，但合适的装备会助你一臂之力。以下内容还是以前辈的帖子为蓝本，稍加了些自己的经验，仅供参考。

必 备

●单车及单车装备

单车

单车够用就行，不需要特别好的。路上见到最多的不是捷安特就是美利达。

车用工具

◎自行车货架（一定要结实）、挡泥板、水壶架、码表、车前电筒；

◎修车套装（4号及5号内六角、活动扳手、一字及十字螺丝刀、补胎工具）、补胎套装、轻便打气筒；

◎自行车三合一驮包（或二合一，再加个背包。有时徒步去玩需要个背包）；

◎橡胶绑绳若干。

备用零件

◎刹车线及变速线套装、内胎（2条）、刹车皮（2对）；

◎链条油。

●生活用品

◎圆形遮阳帽、骑行眼镜、头盔、魔术头巾、水壶；

◎骑行长手套、骑行短手套；

◎骑行雨衣、骑行雨裤（分体式，用处大。坐地休息时可代替防潮垫，下坡时也可当防风衣，防雨效果最好)；

◎骑行运动鞋（2双）、塑料袋（用来包湿衣服等）、运动棉袜；

◎内裤、长袖T恤、抓绒衫、冲锋衣、棉衣；

◎运动长裤、骑行护膝；

◎束裤带。

●电子装备

手机及充电器，数码相机，单反最好。

●洗漱用品

毛巾、牙刷牙膏、香皂、洗发水、纸巾、洗衣粉（小袋）、剃须刀、卷纸、刀子、日用型护垫（垫在内裤里代替骑行内裤，很管用，而且便宜。还可以垫在鞋里）。

●药品

途中所有城镇均可以购买到日常药品，但价格比内地高。

感冒药（用处大）、退烧药、止泄药、霍香正气水（用处不大）、云南白药喷雾、红景天。

●其他

◎身份证（学生证）、邮政绿卡、银行卡（农行最多）、碎银子（现金不用太多）、记录本、签字笔、针线包；

◎备用螺丝、铁丝；

◎帐篷。用于想睡在外面陪星星月亮者；

◎睡袋。用于有洁癖者；

◎车前包、杠包、游泳裤；

◎外胎；

◎PT30以上的防晒霜、唇膏、大宝SOD蜜（这些都没用过，其实一个魔术头巾就能搞定）；

◎压缩饼干、巧克力、青稞粉；

◎女生可以带漂亮的骑行服。最好带婚纱，或者比基尼，可以摆拍。

注意事项

●衣：

◎带的衣服最好是速干、耐脏；

◎不要带太厚的衣服，带一件厚的不如带两件薄的，这样在气温变化时加减衣服也方便；

◎所带衣服的数量要保证你在全身湿透后还有更换的；

◎所有的衣服最好装在塑料袋里（防水）；

◎廉价的冲锋衣裤不如分体式雨衣。

●食：

◎注意荤素搭配；

◎不要吃凉菜和卤菜，费时的菜也最好不点；

◎有时到达目的地的时间也很晚，所以尽量带点干粮（饼干、火腿肠之类）；

◎带两瓶以上的饮水，一般上坡和温度高时喝水多。（这个不用提醒你，骑不到3天你就明白了（尽量不要饮路边的生水）。

●**住：**

◎出门就不要太讲究了。有的时间段骑行的人很多，别太挑剔了。

●**行：**

◎如果路程远，一定要早起早走，在天黑前赶到目的地，尽量不要走夜路。当然也不要起得太早，一般七八点出发就行；

◎礼貌。面对藏族兄弟的挥手与祝福，你要回以同样的挥手与祝福；

◎上坡尽量骑不要推车，建议用最小档，慢慢骑。通常情况下推车只有2—4公里的时速，而且并不轻松。如果实在骑不动，有时推比停下来休息要好，停下来休息后再起来腿会特别酸；

◎遇到“之”字形的回头线不要抄近路，不然得不偿失。我在拉乌山看到一胖子这样办过，他的队友早就在上面等他了，因为他还在扛车。

◎请提前准备好中国邮政绿卡。邮局上班时间一般为上午9点到下午四点半。其他银行就不像邮局那么多了。不过银联卡在大部分城镇也可以使用（请每次最多取两三百元钱，用完再取，切记身上不要携带过多现金）。

最后说一下进藏前身体上的准备。有人很自豪地说自己来之前，一天也没锻炼过，一天也没骑过车。其实提前锻炼一下身体，每天的骑行就不会那么累，也就少受些不必要的罪。一个好的身体是必要的，千万不要拿自己的生命去冒险。

后记

每个人有每个人的旅途，每个人有每个人的西藏。单车进藏不是小资调情也不是卖萌耍帅，走过，才知道这条路不好走。无论缺氧还是高反，毕竟我和我的单车已经驶过，码表记录的是它辗过的公里数，文字记录的是我的胡言乱语。西藏是个神奇的地方，她把我放空了又把我装得满满。

滇藏线回来后的一天晚上，给几个路上的骑友发了条消息，问他们回来后的感觉。

问魏涛，魏涛说，“去过，来过，才知道自己确然变化了。”我们一起走过这条路，他的有些变化我是看得到的，我也希望他能在时间的沉淀中将那些变化发酵成熟。

达超说，“心里面总是还有许多的悸动。对人生、对生活的理解多了些朴素的感动，对文化和自然有了重新的认识。时常会幻想那种有情调和安静的感觉，那些小酒吧，那些小调，那些古街，挥之不去。”

回不去原来的生活，至少达超和我体会到了。所以，寂寞的时候，除了听听歌，读读书，还会用文字来堆起尼玛堆。达超回来后辞去公职做起了辅导班，把自己的教育理想付诸自己的事业。也已经开始计划明年再去。

诗遥来前就辞职了，回去后做起了自己的生意。这次出来骑行了7300公里。真是孤身万里游了。也好，如果没有志同道合者，宁愿选择一个人。一个人去忍受孤单，一个人去享受那份孤独的寂静。

问三知，他说还惦记着那一路的风景，时不时看着照片就会想起一路的情景。还有点遗憾没有全程骑下来。

新岩、庆虎他俩还在上大学。这哥俩到了拉萨后没钱住宿就混在网吧。回来后跟着了魔似的，越来越不喜欢自己以前堕落的生活，找到了未来要努力的理由，也找到了自己喜欢哪种类型的女孩——既彪悍又有女人味。说的不就是荷花那种类型嘛。

荷花说，她虽然没有亲历骑行318，但看了骑行318的视频，还是激动钦佩得想哭。她是一路搭车死活不给人钱的那种，属于彪悍的东北姑娘。问她有什么感觉，她说此行玩得比较透彻，没有时间压力，所以西藏之行了无遗憾。回来后有更多的激情投入到踏实努力的工作中。此行也让她得出一条信念：理想只要想要去实现就可以随时实现；想走的时候随时都可以启程。

又问成栋，成栋一提那里就特别兴奋，手舞足蹈不能尽情表达。常常回味那段风景和人事，跟许多回来的人一样，又有了再次起航的冲动。对于自己的变化，他说比以前自信了。以前办事拖拉，现在很明显感到主动起来了，因为事情不解决，心里总过意不去。

问柄志，柄志说，刚刚打完游戏才看到我的留言。他说有点小堕落了……你不相信吧……事实却是如此。回来后他感到大学生活其实如此苍白，就像一味慢性毒药。柄志代表了一类在校大学生的状态。我跟他说，虽然许多事情是当局者迷，可以劝说别人却不能规劝自己，但我还是说你才19岁，莫急。但愿柄志能找到自己的人生之路。

问无界，无界大哥说，“男人一生中要有一次浪迹天涯的经历，体会一下流浪的感觉。”此言甚合我意，但也极易被打上不负责任的标签，告诫蠢蠢欲动者还是慎重为好，虽然我很鼓励你。

至于我自己，没想到会骑完了滇藏全线，更没想到回来后还会如此惦记云上的那段日子。

28天，2100公里，搞不清是几座大山，其中海拔超过5000m的有两座。没有想象中的难，但也不是那么简单。涉过小溪，走过冰川。有过高反，却没有传说中的严重，但有眼睁睁看着骑友因高反而生死一刻的经历。我的高反只是犯困，头晕。不能停下，也不能回头，用Alex教的办法调整着呼吸，迷迷糊糊地只顾低头骑行，翻越了一座座的大山。流过泪，却没有抱怨以及后悔；感到过孤独，也体会到家人以及所有关心我的人的那些有声的关心与无形的挂念。怀念无数次看到过的飞扬的五彩风马，在垭口，在寺院，在道旁路边……

28天，身心俱疲的28天，又是不可复制的28天。眼中所见的美景已定格成相机里的电子照片，心灵的悸动也已化作手中的一杯沧海。28天，虽然累，但也很欣慰，毕竟坚持了下来。不是感叹自己多么坚强，而是感觉非常非常的幸运：没有藏獒追赶，也没有歹人打劫，倒是有过两次路人给过吃喝的美好经历；遇到过大雨，却也看到雨中的别样风景以及清晰而清洗过的双道彩虹；有飞石，但没有落在我的身上；没有泥石流，虽有塌方，却不碍通过；感冒过，发过烧，早晚一次药，加大剂量咬咬牙也就扛了下来；肠胃不好，不敢吃辣，遇到的

却都是川菜厨子；一直拉肚子，幸好没犯痼疾，体重也只减了两三斤；长时间的骑行，几乎骑到崩溃，但在崩溃的边缘打了个圈就回来了；每次骑到下午，颈椎如同放着一块冰，凉气直灌，再酸再痛也忍了下来；有过藏族小孩拦路要东西，更多的却是藏族人们一句一句的“扎西德勒”和“加油”，还有微笑、挥手，贴心的照顾，热情的帮助。

骑最烂的路，体会最美的风景与人事。我骑过了，也看到了。清清楚楚地看到过梅里十三峰，而且是在一场大雨后，幸运如此；清晨竟拍到了日照金山，那光芒四射的卡瓦博格如同天神，震撼如此；喝过米堆冰川上的水，喝过正宗地道的酥油茶，还亲手打制过，快乐如此；见到过路上的我们，人虽不多，交流虽少，但足以慰怀.。

8月14号骑到拉萨。第一次近距离地看到布达拉宫，如此雄伟，如

此肃穆，又如此不真实。激动而无法言表，极想呐喊，极想分享，极想五体投地地拜倒在她的面前，冲动中把我的爱车高高举过头顶。不是狂妄，没有亵渎，却引来警察很负责任的制止与检查。警察大哥还算开恩，没把我的那些照片删掉。

“骑出去一定要骑回来！”我回来了。单车追逐风马的这段日子走完了，身体也从拉萨归来，但情绪似乎还浮在拉萨的上空。昨天晚上做梦都是在骑行，翻越一座座的高山，淌过一条条的小河，穿过一片片花海，连梦话都是在念六字大明咒。想念西藏，想念拉萨，也许这便是骑行的魅力，这便是西藏的魅力吧。

旅行是一场修行，去远方遇见那个更好的自己，向内心最深处远游。我的旅行之路未完！

感谢各位骑友提供的照片，此处不一一标明。

这次出行心情并不舒畅，甚至有些沮丧。来时听到的大都是些反对意见与负面消息，当然知道这是一种关心和担心，但当我决定要做这件事时，最想听到的是正面的指导和支持，最想要的是默默祝福，然后让我放心去经历。

我们一直在感动自己的路上努力行走，盼望这轨迹亦感动你

人生的苦乐悲欢，只有经历，方能体悟。

西藏很美，万物有灵。如果你到不了远方，我把沿途的故事带给你。

一切温暖与美好都静默如谜。

旅行的意义或许应该是，以另一种身份重新发现世界，重新认识自己